王蒙的诗

王 蒙 著

四川文艺出版社

图书在版编目（CIP）数据

王蒙的诗 / 王蒙著. — 成都：四川文艺出版社，
2017.8

ISBN 978-7-5411-4751-7

Ⅰ . ①王… Ⅱ . ①王… Ⅲ . ①诗集—中国—当代
Ⅳ . ① I227

中国版本图书馆 CIP 数据核字 (2017) 第 182582 号

WANG MENG DE SHI

王蒙的诗

王 蒙 著

责任编辑　周　轶
封面设计　叶　茂
内文设计　史小燕
责任校对　蓝　海
责任印制　唐　茵

出版发行　四川文艺出版社（成都市槐树街 2 号）
网　　址　www.scwys.com
电　　话　028-86259287（发行部）　　028-86259303（编辑部）
传　　真　028-86259306

邮购地址　成都市槐树街 2 号四川文艺出版社邮购部　610031
排　　版　四川最近文化传播有限公司
印　　刷　成都东江印务有限公司
成品尺寸　138mm × 208mm　1/32
印　　张　9.5　　　　　　　　　字　　数　190 千
版　　次　2017 年 10 月第一版　　印　　次　2017 年 10 月第一次印刷
书　　号　ISBN 978-7-5411-4751-7
定　　价　48.00 元

昨天比今天
总是更年轻
昨天念一首诗
流很多的泪

自序：超越生与死的是诗

如果说此生有过一些独到的、温暖的、令人珍惜眷恋的经验，如果说这样的经验让我感觉到了生命与情感，让我感觉到爱与幸福，让我感觉到世上有比千疮百孔的自身更美好得多的一切，如果你说在个体生命将要结束的那一刻，仍然会有令你安慰与沉醉，充实与自信，超越与救赎，使你足以面对死神而微笑的那个存在，它就是诗，它就是写诗的经验，而且常常是写新诗的经验。

如果说有那么一些最最揪心的经验你觉得难以倾吐却又必须写下，你只能写诗，而且是新诗。

读写中华诗词的时候你攀登行进在中华文化的大山大川上，你试图在中华文化参天大树上绿开一片小小的树叶。读写新诗的时候，你溶化在你正在得到的或许是独特的感动里。而超越这一切甚至超越生死得失的是不分新体与旧体的所有的诗。

感动是人生的最大最强的意义与归结。

我总算写了诗，享受过人生的这一峰峦。我感谢四川文艺出版社主动提出出版我的诗集新版《王蒙的诗》，而最早的新诗集《旋转的秋千》也是这里出的。

只在新诗集里，有我的它处没有的多维码与秘密，我相信与我心心相印的读者，总会找出它们的谜底。

目录

《青春万岁》序诗

所有的日子，所有的日子都来吧，

让我们编织你们，用青春的金线，

和幸福的璎珞，编织你们。

有那小船上的歌笑，月下校园的欢舞，

细雨蒙蒙里踏青，初雪的早晨行军，

还有热烈的争论，跃动的、温暖的心……

是转眼过去的日子，也是充满遐想的日子，

纷纷的心愿迷离，像春天的雨，

我们有时间，有力量，有燃烧的信念，

我们渴望生活，渴望在天上飞。

是单纯的日子，也是多变的日子，

浩大的世界，样样叫我们好奇，

从来都兴高采烈，从来不淡漠，

眼泪，欢笑，深思，全是第一次。

所有的日子都去吧，都去吧，

在生活中我快乐的向前，

多沉重的担子，我不会发软，

多严峻的战斗，我不会丢脸，

有一天，擦完了枪，擦完了机器，擦完了汗，

我想念你们，招呼你们

并且怀着骄傲，注视你们！

1955年

错　误

赞美雏莺的幼弱，
迷恋眼泪的晶莹，
盼望海洋里流着蒸馏水，
大清早唠叨半夜的梦。

1957年4月

洗　礼

如果是真正的战士，
就不怕炮火的洗礼，
当敌人藏在自己心中，
可惜，常常把这一条忘记。

1957年4月

春 风

快乐地走在北京的街头，
新盖的楼房向我招手，
春风从四面八方吹来，
寒冷哪儿也不再存留。

1957年4月

鸟 儿

不，不能够没有鸟儿的翅膀
不能够没有勇敢的飞翔
不能够没有天空的召唤
不然，生活是多么荒凉

1962年

宫 灯

点点暗红的宫灯
是夜的美丽的眼睛
顾盼我吧，我也注视着你
心中温煦如饮罢醇酒

1962年

柏林墙

微笑从容

如墙的镇定

执拗的皮箱

提醒着路程

扶住

受伤的下巴

滚石乐咀嚼了

松动的牙齿

悲哀如恬静的石块

落寞于璀璨的亮夜

你骄傲的王子出游

——浮雕于

柏林墙上

没有声音

1985年

时　差

这里

那里

太阳升起在地平线

太阳没有踪迹

月亮等候在地平线下

月亮孤悬于高空

与霓虹疏离

——地球这个老冬瓜

　经度是严肃的

这里的早晨

与那里的早晨

永远不会碰

在一起

1985年

旋转的秋千

一次又一次飞起

——烫手的小火鸡

迷人的痛苦

晕眩的天空

一次又一次落下

啤酒的泡沫帽子

终于破碎了

大地的沉重

却也唤起了风

呜呜的梦

战栗

荡斜了地平线

城市与河流陡起

花木奔涌

灯光滚滚

如五色泪河

1985年

在吕贝克教堂听音乐

拉上门

关住

摇滚的忧伤

灯影里管风琴

天使合唱

中天撒落如星

虔诚的心里

翻转着

恶毒的念头

技巧熟练的魔鬼

——举杯祝酒

——请给片柠檬

上帝是骗人的么

早已原谅过了

不再乞求原谅

1985年

纽约诗草(三首)

致 S·H

把热情

钉在页行上

把痛苦

做成瓣瓣韵脚

你拉着琴歌唱

月亮药丸

你是诗人

把生命

训练为大写小写的符号

得心应手

爱犬的跳跃

我不知道

是不是只是

诗

你

呼救

温柔

哭

眼泪如玉

鼓掌

我恨你

诗

致 N·Y

你

淋漓尽致的

汽车

速度

淋漓尽致的

楼

影

狗尿臊

淋漓尽致的

广告

华灯

信用金元卡

性

自由

艺术

你

无与伦比的

纽约

淋漓尽致的

给我

陌生

感伤

为什么淋漓尽致呢

OK

一次又一次

起飞降落

在

约翰·佛·肯尼迪机场

致 A·W
——并答《纽约时报》

你嚼

口香糖

反对国务卿舒尔茨[①]

嘘

离过的婚超过

结过的婚

好棒

炫耀独立不羁

像炫耀雪佛莱

豪华型立体音响空调

我知道你的舒服

你却

不知道

我的舒服

我

地下斗争

没有糖嚼

有"特种刑事法庭"[②]

绞架不只是意象

胜利

历史的误会

十年

又十年

天山白了头

才有今天

才有

今天

我亲吻今天

期待明天

不爱吸大麻烟

珍爱我的妻子

经验塑造着不同的人

人

却期待

理解

谢谢三克油

1986年

水　仙

热了便是蒜叶

冷了无异石块

温度适宜

你的魂魄

成了小花朵朵楚楚

瞬间辉煌

矜持漠然

腐烂

1986年

不　老

三十岁的人觉得四十岁的人太老了
四十岁的人觉得五十岁的人很老呵
五十岁的人觉得六十岁的人在老着
六十岁的人觉得七十岁的人真老了

谁又能不老呢

我的女儿明天过十七岁的生日
她说：我都老啦
已经失去了十六、十五、十四
留下了一串串跳皮筋、戴红领巾的日子

四十岁的人觉得三十岁的人年轻
五十岁的人觉得四十岁的人还小
六十岁的人觉得五十岁的人风华正茂
八十岁的人觉得七十岁的人也不算老

所有的先人都羡慕我们年轻
地球和月亮都觉得我们幼小
人类，本来就年轻
活着，便是年轻
留下那青春的鲜活的记忆
追求
奔跑

1986年

晨

我想念你火热的雨点
跳跃在大海那一边

风把雨吹得荡来荡去
世界上留下你的徘徊

你的声息叫我垂下头来
我盼望黑发就这样变白

石头咀嚼着不被击穿的痛苦
地平线上竖起你的雷电

阴天的时候你的笑容也是阴的
晴天时候你的雨丝明亮

点点滴滴嗒嗒嘀
小号吹晴了我和你

我们在尘土里寻找丁香
丁香没谢春天不会老去

扬脸叠起一张白帆
可载得动你的凝视

把雨伞叠成旋转的信笺
邮寄出一片小的宁静

忙忙碌碌丢掉了握手
转身如蜿蜒的河道

汽车催人上路了
别怨我总是时间没有

1986年

夜

秃光光的铜牌
你的陨石磨平了
牢骚胀肚的名字

皱纹织成密网
哪里去网
喧闹的标题

在银河系辉煌之后
旧报纸闪烁眨眼
找不到游动的
小虾米

你走到哪里
城市的垃圾车
阻挡在哪里
如墙的放肆

就这样寻找你

合上书页
不要悲伤忧郁
听你唱
蓝格英英的彩

都说你就在近处
早已约好了相遇
当我走近
你却走开

只有新开张的
公司展销系列售
湖水在早熟的西瓜里
等待超度

一处处拥塞的楼道
难以通行油烟
腐乳瓶罐里
竖琴的五十年代

伤风了天鹅

洁白的牙齿

撕咬呵

相信吧

一切都会越过

一切都如浮土

悄悄沉淀

帷幕拉开的时候

颗颗心

仍然期待

艺术

死一样残酷

生一样雍容

1986年

回　忆

回忆是忧伤的
忧伤是陈旧的
是锈

回忆是温柔的
温柔是良善的
是草

回忆是快乐的
快乐是纯真的
是酒

回忆是沉重的
沉重是坚决的
是山

回忆就回忆了

不知道是什么

回忆是现实的
现实即刻成了回忆
是诗

1986年4月

畅　游

畅游过你的忧伤豪迈

去年夏日的阔海

令我思绪徘徊

在陆地与大洋分界处

我们不期而遇

驾一叶扁舟颠簸在你心里

溅几滴咸苦的飞泪

像郑和和哥伦布

终其一生亲近

注视你围绕你吟咏你

又怎解得开你的风采

你只是你

你只是海

你的解释你的微笑你的

无言，都是典型的海的

没有增加没有减少
无力无形一切承载
你记得一切还是
忘却，你的温柔
把胆小的人惊吓
那样激越

无论太阳生出你怎样的辉煌
月光生出你怎样的怜爱
风怎样抚摸你激怒你震摇你
你只是你
你只是海
幽深处一样的从容自在

无始无终如童年的梦
永远的淡泊天真
漫不经心
至尊至爱
永远滔滔
永远讳莫如深
如成人的皱纹

如少年的心事
点点滴滴
无涯无竭
涌去又涌来

到底有多深啊
到底有没有底
心儿能达到的
生命达不到么
倒平添几件
为你的赞叹——悲哀

诗人
观望你的碧波白帆吧
猜一猜下一个时辰你的
气象，突然的与平静的
这也就行了

1986年5月

琴弦与手指的对话

请给我以声音

给我以你的痛苦

给我以粗暴、折磨、寻找

力笨的，流畅的，疑惑的

给我以你的呼喊

给我以惊天的热情

直到把我拨断

请给我以声音

给我以你的蕴藏

给我以从不知道自己

所有的，没有的

绷紧的，松弛的

给我以灵魂的颤抖

从未发出过的

惊涛骇浪

还有我们的相互限制

我们各自的影子

带来的误解

我们的不和与嫌弃

相对沉默

许多年月日

终于开始了

演奏

1986年

随想曲

风儿在地面周旋
漫行无迹
我便是你的呼吸

田野沐浴着雨
我便是你的水滴
一滴延长的音符

春花开放
我是你的一瓣傲然
杳然飘落

街灯亮了街头
我便是你的深情
顾盼的一目

直到天亮

噩梦拂去

我便是你的笑容

上班去

1986年

问

请告诉我
往昔和而今
哪个更遥远
哪个更陌生
自己和他人
白天和夜晚
哪个更明亮
告诉我
失败和成功
哪个更——沉重

还有
青春和年龄
言语和心
生和死
嫩叶和鸟
智慧和真诚

哪个更珍贵

更短暂

更悲伤

更美丽

更无声

喧哗还是安静

我们坐在石头上

倾听喧哗中的安静

五月的夜晚

你们坐在木栏上

寻找安静中的奔腾

在园中之园

告诉我

月光与华灯

意识流和武打

讣告与出国签证

哪个更使你

惊奇

落泪

长城和她的饭店

小球藻和没有掺"敌敌畏"的

名酒

闭上又睁开眼

懂还是不懂

我的诗和小说

哪样更需要

安乃近还是安定

1986年

咏　物

之一

天够大大
也够深深
自己发光
够亮亮
也够洋洋
为什么还要打电话
嫌
别的星星多余

之二

别那么遥远
别那么眨眼
别那么漠然
干脆全摘下来

当灯泡

使唤

之三

你的缺点

任性

你的优点

随意

都骂你

缺乏严谨

却无法企及

你　　　的

"风"格

之四

空洞

穿不起来

不合身

式样太老

太新

料子太贵

太差

颜色太浅

太深

口袋太多

太少

带来虚荣

令人自卑

你的责任

之五

你这吱吱喳喳的

小东西

扰人清梦

表现自我

蹿蹿跳跳

杯水无意

传播

小道消息

你的毛病那么多

没有你

却又有些
寂寞

之六

就哭一夜吧
淅淅沥沥
气象预报
明天
晴无雨

之七

温柔的白云
被任命为
太阳的助手
从此引起了
争议

之八

你缩短了距离

加速了发生

好的坏的

节省了

能源、时间、友谊

我注视着你

下一秒钟

谁会来

问候

纠缠

通知

串线呢

1986年

如　果

如果春风
不停地耳语告状
落花
拿着申诉
排队上访
雨点
按姓氏笔画
为序人间洒向
青蛙每天来电话
蝌蚪诽谤
出土文物的情思
外宾鉴赏

那时候
卷宗上也就绽开
带露的玫瑰
批复的圆圈

像十五的月亮

汇报咏叹调

使你心跳了

我的诗

和世界同步

挺棒

1986年5月

双弦操

这世界是拥挤的车厢
这世界是疏落的船舱

这大海是角逐的汪洋
这大海是无边的茫茫

每一个都挑选着航路
每一次选择都显得那样仓促

波浪因忙碌而充盈起伏
大海因宽广而沉着淡漠

白云使你扬起了少年的风帆
涛声令你极目凝视起小船

酸涩的酒浆映射着葡萄的晶莹
甘甜的葡萄未必想念酒汁的酸苦

写诗是一次又一次的涨潮
涨潮又落潮莫非是对诗的捉弄

最美丽的浪花是朴素的
最朴素的海浪还有花么

最大的雄奇是海
最大的无能也是海么

不知道自己要做什么的是风
什么都做了的是风

飞鱼希望自己不仅仅是鱼
飞鱼喜欢的总还是生活在海水里

谁能肯定游泳就是鱼儿的真情
谁能否定浪花就是大海的童心

最好的庆祝是忘却你的航程
最辉煌的忘却是纪念你的航行

海的爱审判着每一条鱼每一条船
严厉的处决是宽恕每一个漂泊者

你排着长龙等待缓慢的挪移
你径直走来想取便取

一朵浪花只经历那么一次激荡
一次激荡里绽开了浪花万朵

这首诗谁知道改了多少次
改来改去海还是海你还是你

这颗星星为了海而升起
这颗星星从不回答海的提问

1986年

断　桥

寸断的恩情

柔软的身体

越过

人与蛇的

凛然的边界

载负重重

浸泡

五月的毒酒液

春天的赤芯

燃烧干

白色与青色的

泪水

爱情

永远不能原谅

背叛

佛塔

永远不能原谅

爱情

只有漫山大水

只有厮杀黑风

吹过了几许

世界

世纪

永远的唏嘘

有谁爱得

像蛇

恨得

像蛇

像火红的链条

宣告

爱是蛇的恨是蛇的

灵魂

蛇是恨的蛇是爱的

形体

你无与伦比的

爱情故事

无与伦比的

迷恋痴情忠诚

纠缠冤仇怨毒

谁知道

你的痛苦

肉体

灵魂

人妖佛蛇僧

死去活来

没有还魂仙草

没有雨中相会的

桥

比蛇还蛇

永远不能说出

我也爱我爱的就是我也是

蛇

1986年

拟唱词

醒转一觉

曲牌平方十一

昨夜掌声斗室

淡化也

千古象征荒诞

豆浆西皮清水

敢问十娘茶女

同行冤家

何不政协开会

正午夜餐

速速去则个

认领慷慨激昂

三毛演出补助费

名优奥赛罗娃

录制玲珑护照

酒吧冲浪

澳大利亚北美

归不得也哥哥

影后歌星圈阅

三室一厅住宅

端端地

天上人间美景

飞来矣

三十八年过去

未突破

三十五个年岁

水银灯下

犹有豪情潇洒

唱吧唱吧唱吧

乐器打击如雷

且挥手跺一跺脚

三杯两盏

热泪

如雨

1986年

遥远啊遥远

你吹拂灵感的旋律和我的青春一样古老扰动
　　眼底褪色的窗帘
偷录下来的歌声疑惑于电话铃蝉噪间四个
　　东洋喇叭风样掠过
永远迢迢永远想念永远有一颗双翼心脏
　　湖面低飞不忍离去
漂到苇丛深处桨举不落树影变黑你往日的
　　俄语战争爱情歌曲
都说天很阔大有时天也压迫地很阔大有时
　　地也比一首歌窄小于是
红枣不再欢呼啤酒不再惊喜与油炸花生米的
　　相逢叙旧他们都老了
新楼从昨天的沼泽地拱出大雁不再飞来
　　牛仔裤兜紧健康的臀部
歌声在眼泪里漂浮泪水在歌曲里扩散和
　　早已分手的孩子气告别不必举杯
日程表密密麻麻排得进高山湖泊白桦林

飞去又飞来沉默的野鸭么

把记忆冲洗一次把树叶冲洗一次把淡黄色的

　　信笺和你的住址冲洗一次

砍掉一半两侧垂着槐树绿虫的漫长胡同

　　折磨童年的小腿酸痛

小金鱼大田螺蝌蚪的逗点在玻璃墙里

　　游来游去自由自在的时候

在饥饿的荷花缸没有水也没有荷花合不上

　　张开的大口的时候

你走向人生走向革命走向艺术走向鲜红的

　　五角形火的歌声如梦

终于满墙新潮满柜艺术和酒满地声名满

　　世界立体声杜比喧闹

不再留恋啤酒花生米饥饿与美食的记忆

　　交叉成重叠的山云雾

辉煌的歌声如海你寒碜的愚傻的歌沉寂别

　　是一番闹热的鼓掌

战争遥远了旗帜遥远了歌声也遥远了么你

　　旷野上空凝固的星

你变了么加上摇滚打击乐器发酵兑可口可乐

　　装在南方的易拉罐里

你忧伤的笑容依旧荡漾微波终能辨认被迫

忘却的如今真要忘却了
秋天的落叶喝醉酒的马车夫泥屋顶上的
　　炊烟马颈上铜铃叮咚
硝烟散去战士回家或永不归去机场上待飞的
　　飞机排成阅兵的长队
沉默是最好的纪念洗净每一个牺牲的名字
　　泥泞的道路变得干硬
这就够了一切烟消云散的时候你仍然使我
　　流下最初的泪水
一切烟消云散的时候你仍然使我温柔如
　　苇丛深处失却的吻
那时我还要唱一遍即使声带已不能颤动
　　你仍能听到我的心跳
遥远啊遥远在那儿弥漫着浓雾微风轻轻吹来
　　掀起一片麦浪

遥远啊遥远在那儿我埋葬了自己天长地久

　　　　　　　　　　　　　　　1986年

无　题

喧哗的雨驱走一连串陌生的约定
片刻清风唤醒你活泼的童年
又是早晨六时的航班么赶路
阅读飞行时刻表如读乐谱
不期待变奏的奇迹仍然无眠
蓝天

厮守过的诗如飘飘落下的秋叶
放荡的红叶覆盖着沉思的地面
喜悦过的歌是只只飞走的小鸟
鸟翅儿遮住了娇嫩专注的高天
你泉水跳跃的气泡使我流连
从前

歪斜的松树的身影是教授的条目
这朵花得到了么缀在你的胸前
想念你电话里的柔声曼语

舒展了昨日邮寄来的碧螺雨前
架子鼓敲得越响便越显得嘶哑遥远
无边

尘土飞扬的岁月翩翩出浴
断肠的歌声里浮现出你的凄然
再会　冲破言语的重重屏障
起飞的马达发出痛苦的嘶吼
徐徐着陆是不是仅仅意味着平安
高原

1986年

夏　夜

悬空的菱形广告灯明亮了黏滞的夏夜
盒儿带里冒出了一个接一个小小歌星
不停地唱着爱情和狼（郎）狼和爱情
如你常年的早餐油饼豆浆豆浆油饼
冬日可爱的取暖烟囱如今多余呆傻
新楼的门窗关也关不紧乓乓乒乒
拥塞的小院失去了方整的天空
摇着扇子谈论护照蚊虫电视剧风油精
每个球都踢入心窝向着没有中国的
　　墨西哥喊叫
每幅电视广告都暗示着滞销的苦衷
所有的女儿都爱真假莫辨的大岛茂
所有的外国悲剧的根源都是白血症
谁也治不好夏天的脚癣哪怕会打星球大战
合欢开花两个月了仍然满树金红
幸运的鸟儿衔着高考录取通知飞翔
橡皮艇等待着破浪出征海波翻腾

明天明天一切等待着明天开始
汗水蒸发过的日子就要变得明亮轻盈

　　　　　　　　1986年8月定稿于拉萨

西藏的遐思

一

好客的天真

制作

温柔的绸带

规定

郑重的程序

如法

一道又一道

程序

炮制

一条又一条

轻盈

毕竟

一颗又一颗

受过伤的

心

给你

二

夺走过

我的钱财

夺走过

我的声音

夺走过

我的脸孔

夺走过

我的妻子

莲花般

手指

却夺不走

我的

梦

三

沉思的脸孔

慈悲的脸孔

恢宏的脸孔

快乐的脸孔

刚强的脸孔

狰狞的脸孔

明洁的脸孔

法力无边

黄金的脸孔

都是伟大庄严的

无

表情

四

你敬佛

我敬佛

他敬佛

她敬佛

…………

佛

记得

这多人

五

人
追求
生活
生活
追求
什么

六

你伟大的印度王子
圆寂
寂寂的圆
包罗
波罗
梭罗
浩大环
死是生始
生是死续
生生死死
死死生生

有无

无有

南无

菩提树

造就了

万种奇观

慧

七

外乡人

需要氧

喘息

心跳

需要

水瓶中

汩汩气泡

如生命之怜惜

需要

补充的

平静

八

要

卑贱些

更卑贱些

更肮脏些

匍匐

永不起立在

你的

高贵辉煌

证明了

如天

九

你

遥远的呼唤

你

呼唤着遥远

被无路

分割的

被有山

遮闭的

梦中的

另一个

倾吐嘶哑

痛苦

欢乐

使得

从没有哑声唤过

嘶声哭过的

幸福的

高雅的

绅士

淑女

落泪

十

孩子

永远的孩子

孩子气的

恐惧

信任

爱

因恐惧而信任

因信任而爱

爱而恐惧

恐惧而爱

信任而恐惧

爱而信任

和恐惧那恐惧

信任那信任

爱所爱

孩子的

排列组合

游戏的满足

满足的游戏

十一

维吾尔人和汉人

教给我

爱惜

不要洒落什么

是

藏人

全不一样

教给我

要洒落

要洒落

哈达上的粉末

青稞酒

轻轻弹指

空间飞散

酥油浸泡的

雪花般的米粒

亲手弹洒

如莲

把吉祥如意

洒开

多么浪漫

这绝顶的

藏族的弹洒

爱惜

物件

更爱惜

普降吉祥的

征

象

十二

也许

梦中

你得到满足

也许

叫醒催醒

使你痛苦

也许

应该问一问

把你弄醒

能给你

梦中的拥有么

怎么办

和你一起

闭上眼睛

一个世纪又

一个世纪

为了梦

天长地久
反正
终归要睡的

十三

睡去的时刻
知识和意识
让我们
惧怕吗

十四

你有你的世界
我有我的世界
我们都有世界
却都希望
另一个世界

十五

人生

伟大的梦

梦

醇厚的人生

十六

无梦

无人生

有梦

无人生

有人生

无梦

无人生却有

永远的梦么

十七

你的痛苦

被威胁与被扰乱的

梦

我的痛苦

看着你

沉在梦中

除去了梦

我能给你什么

除去了唤醒

梦使我们怨恨

痛苦使我们

接近

痛苦不麻木

痛苦不痛苦

痛苦是个小小的

疑问的

气孔

十八

你从彼岸来

你乘"波音"来

住在"假日集团"

经营的

酒店

乘着"钻石""皇冠"来

欣赏

高原

蓝天

佛

香火

我生活在

高原上

蓝天下

佛旁

香火中

没有去过那边

没有去过假日酒店

没有登过"波音"

"钻石""皇冠"

匍匐在

牦牛旁边

你羡慕

我

不羡慕

十九

昏沉中的匍匐

昏沉中的嗫嚅

昏沉中的闪烁

昏沉中的摆动

昏沉中的赞颂

昏沉中的自足

只有

影子

佛的影子

人的影子

光的影子

经卷的影子

空气的影子

眼睛的影子

然后

登上屋脊

出一口气

快门咔嚓

二十

请接受

我的敬仰

我的酥油

我的钱钞

我的拜叩

我的生命

为了你的崇高

为了我的崇高

你不留恋

酥油钱钞……

我却贪求么

二十一

接受酥油的

永远比

献出酥油的

更庄严

二十二

然而有

假日的吊桥

并不摇曳的

神秘的

经幡

河水滔滔

洗净的衣服

在泥土上

晾干

匆匆歌舞

女主人涂着

尼泊尔的

口红

和一条条

和善的

狗

树的爱称

林卡

二十三

以及众多的
圆舞曲
"夏普""索尼"
夏威夷电吉他
伴你在土上
踢踏
落下了
写满英文字的
圆珠笔
年轻人的
紧身衫
明媚的
女性的腿
使
喇嘛烦恼

二十四

这位

来自大西洋那边

干练的经理

把赤诚的经幡

当作招揽的

花边窗帘

牦牛也变成

现代文明的

花边

雪山蓝天

饱含紫外线的

阳光

永不熄灭的

香火

都是财源

二十五

你说

现在都有了

现在最好

再不需要

别的什么

如此这般
我怎能忍心
说什么
别的

二十六

她是美女
她是魔鬼
她慢慢地
伸开双臂
向你走来
与你拥抱
无处隐遁
无法抵抗
可怜的人
不要心跳
最好的办法
保持镇静
迎上去
警惕而且
微笑

常转如法轮

二十七

你的灵魂
体贴着
他的悲戚
他的慈悲
抚平了
你的灵魂

你的智慧
繁育了
他的身手
一只又一只
眼睛
他的手眼
震肃着你的
灵魂

你的双手
搭架了

他的国度
他的世界
攫住了
你的灵魂

你的力量
他的威严
他的统治
你的平安
走
也走得安然

都是这样
珍重创造物
不珍重
造物者
珍重目标
不珍重
通往的路

二十八

三世绵绵

无端无断

而你

不知道过去

你能对过去

说什么

不知道未来

你能对未来

说什么

不知道过去未来

你能对现在

说什么

然而

你完全知道

完全肯定地说

——他知道

你的不知道

知道了

佛知道

二十九

彼所有兮

汝所无

汝所有兮

彼所无

汝所苦兮

将欲有

常欲无兮

终须有

彼所苦兮

常欲求

千求万获兮

终不得

三十

洒满巴黎香水

他们

因为研究了

你们

而骄傲

你们

因为

不了解

不研究

他们

而骄傲么

三十一

才旦卓玛的歌声

往日一样甘甜

西藏的记忆

永远一样新鲜

也许人们相距

确实十分遥远

遥远本身

便是重要的

启示

三十二

人皆是佛
人皆有
一千只眼

分明眼
洞察眼
谋略眼
试探眼
远视眼
近视眼
散光眼
聚光眼
欲望眼
望穿眼
挑剔眼
轻薄眼
贪婪眼
乞求眼
嫉妒眼
愤怒眼

平静眼

思索眼

探寻眼

爱怜眼

慷慨眼

宽恕眼

慈悲眼

慈悲眼

仅仅慈悲眼

便有

一百一十三

谁敢张千眼

头晕又目眩

睁到九百九十九

苦如煎

苦如山

且上高原

苦熬着

张开额头

第一千只眼

大智慧

大愚蛮

大欢喜

大洞天

大苦难

曰

一目了然

三十三

爱情不是

强奸的依据

责任不是

包办的依据

尊严不是

吹嘘的依据

善良不是

无为的依据

幸福不是

受苦的依据

而西藏是

诗人的

头脑和心的

永远的依据

无凭

三十四

你因虔信而苦

我因怀疑而苦

你因虔信而喜

我因怀疑而惊

他又怀疑又虔信

惊喜于自己的

双倍的苦

三十五

你的世界

不是你的游乐场

我的世界

不是我的游乐场

你的世界

成了我的游乐场

我的世界

成了你的游乐场

世界欢迎游者

游者欢迎别样的世界

我们的世界

不是我们的游乐场

我们的世界

就是我们的游乐场

三十六

汝不知汝何为汝

汝不知我何为我

汝不知生何为生

汝不知死何为死

何为轮

何为回

何为前世

何为来生

何为罪愆

何为功德

汝皆不知

——拿、酥、油、来

三十七

你有美金
你有日元
你有马克
你有港纸
法郎、比索、里拉
统统在柜台前
兑换成
共同的语言

你有废弃已久的
烧卷了边角的
藏币
不能流通
不能兑换
不能买一包
纸烟
献给佛
与小小的酥油

火苗儿一道
兑换
得救的灵魂

三十八

你的村庄
我的村庄
你的妻子
我的妻子
你的奶牛
我的奶牛
你的酥油
我的酥油
你的光焰
我的光焰
你的心愿
我的心愿
汇聚于
一个古老的
铜钵里

三十九

我陌生你

你陌生我

我喜悦你

你喜悦我

我救助你

你救助我

我愤慨你

你愤慨我

我微笑你

你微笑我

我沉思

你沉思

我有你

你有我

我是你的

你是我的

妙谛

玉瓶

四十

世界是

谁的世界

生命是

谁的生命

寺庙是

谁的寺庙

你

远来的香客

潇洒如

恒河沙砾

小小沙砾

留下了

长长的足迹

一时吹去

一时埋去

断了

又续

遐思如

烟

1986年8月

诗的幽默（十一首）

再见

如果一株树睡得正好
又何必去把它摇啊摇

如果一本书已经合上
还能不能再翻到那个段落

如果一杯酒不意泼洒
是不是索性把酒杯放下

当水面结成静静的冰层
温暖的鱼儿喜不喜欢破孔

说过再见了不是说过了么
走吧不需要真的再见一次

香蕉

经过遥远的路途
辗转许多时间
你来到我的案头
还那么羞涩陌生
得不到一点眷顾
终于又香又甜了
却已经晚了
在把你抛却的时候
我震惊于自己的冷漠

失物（之一）

你寻找你想得到的
你丢失你所寻找的
你失望你所希望的
你急躁你所见不着的
你却得到没有寻找过的
就像等待一个朋友赴约
就像一个朋友失约的时候
你会碰到许多不期而遇的朋友

除了他

失物（之二）

在你急急搜寻的时候
你得不到
在你完全忘怀的时候
它来了
像从来那样
使你出一口气
又憋一口气

公园游船

许多空荡荡的小船
像漏了馅的馄饨皮
百无聊赖
拴在一条绳子上

时间到了
长长的队伍
急切的爱情

合家欢的团聚

外省人的游兴

眼巴巴盼望你

…………

中国式的耐心之后

得到你的宠幸

为你而

喜形于色而

傲视落伍的排队者

太液池像煮饺子的锅

你们变成一群沸腾的饺子

热烈的盲动

时间一到

一个大笊篱把你们收拢

夜幕降下的时候

你们开始叹息低语

手杖

不知为什么

五年前我还能跑千米
你送给我一只手杖

手杖生不逢时逢主
也就闲置一旁
也没有闹事

后来窗帘绳坏了
手杖帮我开关窗帘
像指挥棒
指挥天光灯光
不知道该为他庆幸终有所用
还是不平
写一篇叫屈的文章
——一直登到香港
如果真的为他着想
也许该祝愿自己
早些伤腿残脚
却又不能瘫倒

时差

这里和纽约相差十六小时
这里和莫斯科相差七小时
这里和东京相差一小时
这里和纽约对话
这里和莫斯科对话
这里和东京对话
很好
即使有误解和冲突
也不是因为时差

我们的时差只有十五秒钟
为什么你老是不愿意与我说话

文字

一个又一个方块字
仓颉造的字
老师规定的
没有道理也不能讨论的字
贾政要宝玉书写的字

——到头来仍然无补
被一本再版了三百次的字典
搜罗齐全的字
铅铸的制成软片的
压成纸模印在纸上显在屏幕上的
古老的字
告诉了成就了你的
一切

——一位前辈说过
认几个狗字儿
有什么了不起

四季

冬天人们需要温暖
夏天人们需要凉爽

冬天人们盼望春天
夏天人们盼望秋天

糟透了

只有春天和秋天
不知道自己需要什么
又该盼望些什么

铁听

装过阿司匹林
装过茉莉　龙井
装过艰苦朴素的扣子
装过一分　二分　五分
发出过财富的
得意　空洞

后来长了锈
丢到垃圾桶
装着生动的记忆和
一肚子怨气

我建议它动笔写小说

白菜与经济学

贮存是一种损耗
贮存是一种技巧

你在贮存中烂掉
你在贮存中身价大大提高

白菜盼望人快将它们做成佳肴
人盼望白菜能长久地填补空缺

看来耐心对于一切都是必要的
包括
白菜

1986年12月

欧非之旅（十三首）

伞

睁开眼睛
是巴黎
打开心扉
是欧洲的寂寞和美丽
张开折叠伞
是一阵冬雨

闭上伞
是一个寒噤
闭上眼睛
是一个匆匆的过客
疲劳的哈欠
闭上心
是
什么都没有

一瞥

说你是轻浮的
如说一个
美丽的女子
用好色的眼

而匆匆的一瞥中
我只看到你的
淡雅
沉默
讲究
古老
风刺骨的
雨忧郁的
骑在马上的雕像皇帝
霓虹灯永远
照耀不到历史
落叶重重
没有打扫
迎接圣诞节的商场

种种打折扣的标价

悄无语

阿尔及尔

你海与山的杰作

欧洲与非洲的撞击

洁白的棕榈

洁白的纪念碑

洁白的建筑

洁白的衣饰

严峻的经历

友好的接待

我从左面贴近你的脸庞

再从右面一次

世界为什么这样美丽

而人民为什么要

付出这么多代价

我问太阳

我问雨

沙漠玫瑰

你橙黄色的石头
呈玫瑰的形象

在没有生命的地方
你是有毒的么
用冷酷的石块
制造虚幻的花影

你是悲哀的么
在没有水的地方
用没有生命的生命
把玫瑰向往

格尔代亚①

这一天
城市与沙漠相会

---

① 格尔代亚，阿尔及利亚撒哈拉沙漠北缘小城。

105

惊异于陌生的彼此
依稀的同命运
你认出了我么

童年时在一起
与旋风嬉戏
与嘶哑的喉咙吼叫
与枣椰攀登入云
与干涸同时滴水

然后各自寂寞于
沙石与欧洲人的华丽
种子负载羽毛
各自东西
露出一只独眼
面纱上端
热烈而阴郁
起伏如古老的堡垒

沙漠向往城市
姐姐爱她的弟弟
城市留恋沙漠

弟弟怀念前世
光着脚
一起牙牙学语

烤全羊

真主宠眷你
饮清泉　　遗小粒
细草清风
没有来得及追逐
已经进行了
文雅的去势处理
积累肥嫩的贪欲
得道昏睡神仙
身后辉煌如金
唢呐吹吹打打
亮相保持最后的
形体完毕欢呼
手指撕扯的盛典
洋葱向嘉宾施礼
骨骼如孤独的雕塑

低语

没有你
没有我
没有旅行
没有飞机
只有噪音震颤
凶猛撞击

震耳欲聋中
出现了你的低语
温柔的
怨恨的
嬉笑的
伴我睡去
唤我　你在哪里

小兔

城市沉睡
梦中灯火穿梭
巨大的波音747

照耀戴高乐机场

白昼的跑道旁

是夜的草地

一只小兔

在草地上与飞机竞跑

多可怜

又有了一只

两只小兔欢迎我

初经法兰西

雨点

在这个古老的小旅馆

每个旅客

就像滴滴雨点

落入自己的房间号码

没有声息

早晨　被一阵风

淌到干酪与果汁旁

再散开

洒落到不知什么地方

怨恨

你在哪里
你在哪里
这个城市　那个乡村
这个集会　那个仪式
逃遁到案头
藏在水里　握手与微笑里
又被发现被掠夺被侵犯
大叫一声

你也找不到你
许多人找不到你
于是怨恨你

旅程

一次又一次的出关与进关
一次又一次的升起与降落
一次又一次的送迎迎送
掩着哈欠的问安

冲去淡漠的惊喜
只盼望早点结束旅程
即使空中小姐
笑容如春天的太阳

为什么
又那么怕没有笑容的
旅程结束

卢浮宫

一

早听说你的名声
如今见到
令无缘造访者
羡慕流泪　只是
来也匆匆
去也匆匆
从容　也未必就好
慕名成为占有和掠夺的种子
许多闯入者　慕名——
不是知音

二

照相
搋动更快的门
留影证明我与卢浮宫混在一道
证明我有可说的经历

卢浮宫是我的渺小与
艺术的伟大的证明

卢浮宫是人的证明

三

什么是天使
梦里的　赞美诗里的
少女的心与垂老者的眼神——
里的　我不知道
卢浮宫里的天使反正——
是一些活蹦乱跳的小孩子
圆圆的屁股蛋儿
我喜欢摸天使的屁股蛋儿
像摸我新出世的孙子

屁股蛋儿是浑圆的肉

小孩子就是天使
天使就是小孩子
长不长得出一对翅膀呢

四

名画太多了
眼花缭乱　头晕目眩
所以没有名了
你说　看　这是最著名的
我连忙多看一眼
立即听到别的画的不平呐喊

于是造反

五

洁白的维纳斯
鼻子是刚毅的
更刚毅的是石头的质地
美是力　是洁白的花岗石
断了一臂

也能击碎美的亵渎者的头颅

六

蒙娜丽莎①

好听的名　好听的字

我已经无数次

听到你的故事

看到复制品

在报纸、广告、日历、屏幕上

而你的为防盗而锁起的

寂寞的真容

含泪哀求

放开我　放开我　放开我

为什么要来搅扰侵犯

为什么要致敬　临摹　复印

考察　报道　偷　诬蔑　起哄

而我只希望

生活在我自己的微笑

和背后的

―――――――――

　　①　西方对油画蒙娜丽莎不乏怪论，如认为画中人物是男相、达·芬奇是同性恋者等。

河湾里

七

胸口就是伤口
伤口就是胸口
耶稣倒在你的怀里
你倒在耶稣的怀里

十字架是几何数学

八

有的神
肌肉丰满
营养丰富
神态丰足
像刚刚与牛争斗
杀了牛吃肉

有的人
闲云野鹤
衣袂飘飘
面容遐静

不念烟火

九

没有去过卢浮宫
可以说得眉舞 ˜
去了
留下一鳞半爪
失却你的形　神　体
和未知的神秘

也许永远不能记住
也许再无时间造访
也许你的大名使我
再也得不到喜悦　灵感冲击
我冒犯了你么
也许真正的理解
下一次

巴黎—罗马

一

香榭丽舍

万灯如雪

辉煌素雅

别是一番滋味

二

黄昏

小雨

凡尔赛宫的看门人

打开已经锁上的铁门

——为外交使团专用车

一眼看见你

耀武扬威的路易十四

矗立于灰漠

精雕细镂的是

石头的年纹

历史的额头衰败了

有没有幽灵出没

三

雨天里欣赏少女喷泉

只有水涟涟　水涟涟

冲呀冲　冲不完

古罗马帝国历史

转身投去硬币　说

我下次还要来

几次　你知道么

四

我羡慕石头溢出的

生命

我纪念生命化成的

石头

我相信

生命永远是生命

有一天

石头雕像会说话

说他们对艺术的困惑

五

巴黎圣母院

雨流伸出的手臂

一个个人和兽

横身在那里

无依无靠

没有什么话说

六

古罗马斗兽场
游客必到的地方
照相留念
礼品商店兑换里拉
血——故事——历史——文物——游客
哪里有更高的兑换率

七

棕褐色的壁毯
灰蒙蒙的梦
棕色的饮料雪柜
橘红色的听筒
乳黄的铃声电话
——这里也有友人
走出绅士的步子
紫通通的电梯间
红色的美式酒吧柜台前
暗红色的阔大椅背
坐在雪青的闲适里

119

窗玻璃上的白商标

映过银色的雨

红男人的毛衣

黑女人的大衣

亚麻色的头发匆匆

掠过杂色的伞

铜色公文包

没有颜色的汽车

一辆辆拥在一起

是地中海的天蓝

用蒸汽烧煮咖啡

如修士的道袍色

缓缓挪移

多彩的罗马雨季

1986—1987年

秋之歌

哦，那夏天的炎热
比夏天漫长许多
那生命的焰火
比生命本身烤灼
汗流浃背的身体噢
比汗水更加湿腻
喉咙对于啤酒的焦渴
靠啤酒却仍然难于解脱

四方寻索的旅客
永远多于世间的角落

什么是秋千的震摇
什么是乐曲的诉说
什么是头发的甩动
什么是球场上的叫喊
不都是

夏天的失误么
进入雷阵雨的时刻

而今一切都悄然离去
没有炎热没有烤灼
没有汗流浃背
没有偶然的霹雳
没有客房的灯光
也没有蚂蚁了

只有秋天的早晨
吹动空旷的浪花
清凉自在的空气
海浪呼唤散去的风
海滩平坦的冥想
是真的么
喧闹过，豪华过，
夏天过……
想着
等着

明星散场的时候

日子谢幕的时候
军乐凯旋的时候
茅台收盏的时候
火车进站的时候
含笑握手的时候
校样改定的时候
夏天过去的时候
秋风吹来的时候

你不留恋么

1987年1月

夏令时颂

每天多一小时的阳光
每天多一小时的明亮
每天多一小时的赶紧
每天多一小时的雄壮

好啊
从一个生命里
又挤出一个生命的用场
直到九月十四日
无言地期待着
四月的太阳

1987年1月

心中的心

一朵白大丽花
一朵大丽花在眼底
看见了洁白的花
心里有了这朵大丽花
和那朵……记住她

心中有白色大丽花
用心中的眼睛去看它
用心中的心记住她
再用心中心里的眼睛
去看她……记不住她

每颗心底埋藏着无数层心
每层心都有自己的眼睛
想啊望啊深不见底
每朵花都是无数朵花
撒满通向天边的路

一朵大丽花凋谢了
一朵凋谢的大丽花
我心里的大丽花凋谢了
我心里有永不凋谢的花

用这颗心去追寻那一颗心
用这朵花去审视那一朵花
淡淡地化，淡淡地化

1987年1月

迎　宾

您的光临是多么辉煌
到处是欢呼的声浪
您的离去是多么圆满
到处是再见
——没有遗憾

到来又离去了
辉煌又圆满
——可为什么
还是有点惆怅
再——见——了
寻觅不到踪迹

1987年1月

无题（十首）

一

聚光灯下橘子失去黄与圆
赞颂的火焰冶炼景泰蓝
快乐和辛酸渴望着凝睇
昨夜的欢语使燕子的翅膀重了
空巢在温热的回忆里融化

二

不要说一路平安不要招手
含泪的笑意更令客栈辗转
生日蛋糕把生推向昨天
当松枝挂满警告的黄牌
紫槿花一朵朵落向水面

三

什么最沉重窗帘

还是吃一串烤肉吧桥边

你木桥上的身影遮住尘烟

大胡子异族歌手唱你

伤风的嗓音把一层层魂灵翻转

四

长得快的人老得慢

笑得早的玉人哭得晚

一粒粒葡萄被狐狸吞下

忙着向青蛙献出花环

忘记的时刻诗人翻出纸笺

五

心受不了美的负荷紧迫

转身的时刻泪流满面

一粒纽扣珍藏在酒杯里

两个手指夹出名片

忘不了轻雷阵雨的湖边

六

每个窗口的灯影吸引视线
忽略了最熟悉的一盏
每首歌会心地承受笑的沉重
忽略了最动情的一篇
因为……罪在人间

七

白船在成功的浪潮上起伏
献花时候收得陌生的一瞥
教授走了留下纸灰如土
枣树是枣还是树沉默无语
摘下眼镜写下诗行如额上纹皱

八

为什么呢你应许所有邀请
肌肉砰的凝成温雅的微笑

举起勃朗宁向不停的电话铃瞄准
顺着奇瓦斯①追回十二年前的岁月
你仍然等在树下眼睛里没有疑惑

九

淡化的啤酒与花生米一起吞下
时髦的眼镜腿因亲吻而折损
一首连绵的歌曲重复了五百年
乐队指挥摘下又戴上雪白的手套
有多少时间差就有多少思念

十

从辉煌的日程表走进脚印
冷静的蜘蛛有四通八达的路
用橡皮泥捏成一个他和一个你
举竿垂钓童年的游戏
没有起飞的飞机显得累赘

1987年

---

① 奇瓦斯，一种白兰地酒，存放十二年以上始得出售。

无　题

鱼儿在海里是多么自由
鱼儿被红烧是多么难受

我多么愿意是一只小鸟
栖在树梢上梳理羽毛

我多么不愿意做一只小鸟
蹲在树枝上叼啄羽毛

如果常常梦见死去的外婆
如果常常在梦里吃到"艾窝窝"

如果什么梦也不做了
如果什么都会做了

清晨，成群的鸽子飞过窗前
清晨，成群的句子飞过眼前

我想我写得再好也不是诗

如果你收不到、读不到、想不到的话

1987年

灯光下

在灯光下面
笑容容易显得疲倦
工作却更加庄严
酒杯和酒都是稳重的
打开的书那么温暖
每一张纸
每一张纸都相信语言
道声再见吧
道声再见也变得甘甜

1987年

我的心

我的官
比我还大吗
我的诗
比我还美吗
我的小说
比我还有趣吗
我的心
比我还深……
我不信

1987年

西柏林洲际饭店之夜

穿燕尾服

弹动大理石的流光

听车轮溅起

自由的泥点如花

是谁驶去了呢

风门空转

没有出出进进

翠叶的回廊凝聚

夜深的寒气

客房单调着面孔

钥匙的密码

失去开门的梦

绅士的烟气

和值班侍者的哈欠

飘散在辉煌里

收去高脚果汁喷泉

橙色浓艳衣裙

不必说了

夜安

1987年

南极和北极

修一座桥连接

南极与北极

同样洁白的容颜

修一条路

让它们的思念见面

怕么

冰山融化

春潮把古老的世界

吞没

1987年

即 兴

自己是自己的演员
自己是自己的观众
规定好了台本
也有出乎意料的
即兴
只是不要
轻浮

1987年

流行式样

生活的流行式样

俏皮

现在的思绪

坚实如玻璃

重逢已不是最初的

邂逅

且话仙山夜雨时

没有留下

踪迹

1987年

苏格兰威士忌

自负的六棱冰块

巍峨如山

我们相隔相视

可见过面

谢谢你

用自己的融化

稀释了苏格兰的

狂热

放下水晶杯

悄然告别

欧洲的留恋

1987年

艺 术

你燃烧
她冷
你垂下了头
又似有情
你笨笨跌跌
她是欢乐的精灵
你得心应手
掌声雷动
而她死于你的怀抱
只有你知道
这尸体的沉重

你殉了
冷汗如雨的一刹那
她向你微笑
是微笑了么
还是最后一个幻梦

1987年

银　杏

是凋落前的颤抖
还是对睡莲的爱情
也许是骄傲的独立
使你
灿烂于太阳
当然
这雌雄异株的老树
早已过了
初恋的季节
成群的游客
寻找着
遍山的红叶

1987年

形　象

树叶茂密团簇

树身删节删洁

谈笑风生闹热

皱褶强调沉默

什么是

树的性格你的形象

丰满还是峭拔

游鱼还是龟背

春与冬

你是哪一个

1987年

工艺品

放在案头

阿里巴巴的船帆

挂在墙壁

非洲蝴蝶的翅膀

铸成金属牌牌

克里姆林宫的钟声

收在"盒式"里

黑人歌星的疯狂

雕在木头上

少年维特的忧伤……

按在字模里

最后的一点点幻想

1987年

昨 天

昨天比今天

总是更年轻

昨天念一首诗

流很多的泪

今天念一首诗

皱一皱眉

明天呢

把微笑留给明天

明天有更多的昨天

有更多的年轻的回味

1987年

透 视

最远的是海和山

然后是镜子

是柜台和高凳

是金发的女孩子

是大提琴柄

最近的是一杯黑咖啡

比地球还大

遮住自己的心

比山和海和太阳

远

1987年

雪满天山路（之一）

常忆起

雪与冰的世界

多石的山谷

歪倒着

失事的汽车

还是拿出铁链

缠绕起

飞速旋转的车轮

看排排云杉

和牧羊人的栅栏

为羊群和你

挡得住雪崩么

1987年

雪满天山路（之二）

要不

喝一碗骨头汤

要不

解开老羊皮的绳子

愉快地接受着

混血的红脸庞姑娘

交通食堂的神

呵斥

把乌乌泱泱的茶水

倒在凝为硬片的

羊脂肪上

1987年

河与海

为什么掀起

这许多的浪

为什么耗费

这许多力量

为什么不舍昼夜

流向陌生的地方

你也是一样的么

抑郁还是愿望

在没有安歇时

1987年

友　谊

友谊不用碰杯
友谊不必友谊
友谊只不过是
我们不会忘记

1987年

羡 慕

一条鱼和一只鸟

一个人和一枚枣

一个地球和一道流星

都永远地

互相羡慕

贬低和征战

也是

一种形式

1987年

绿　茶

敢问君何意

意态殊从容

横穿大马路

行色仍翩翩

或有雷霆怒

怒后更轻松

便如雷阵雨

洗净蓝天空

庖丁刀何物

太极气何功

…………

这没有什么秘密

只需要早晨

喝一杯

中国绿茶

就行

1987年

音乐组合（七首）

我坚信，音乐是一切艺术的本质与灵魂。

交响诗
——一架飞机的故事

一

遥远的地平线开始颤抖

浓烟升起

沙丘伸展懒腰

摇落积雪石块

旋风转动多刺的灌木

竖起虚无的尘塔

黑鹰悬挂疲倦的翅膀

风声由远而近

找不到

骆驼尸骨的磷火

一架飞机失望地飞去了

这里曾经有过古城么
比遥远的地平线
更加遥远的年代遥远

二

浓烟渐渐四散
掠过了沙丘和塔
风声由远而近
却是怎样地温暖摇曳
滑行在湖面般的草地
把酒杯抛给人群
不必喝彩
我不会滞留一刻
漫天流星
织成闪亮的锦缎
一架飞机飞去了
擦过地面
甩下飞吻
甩下优美的大弧线

三

到处是撒落的花瓣

小哈巴狗扯动皮圈

香蕉皮滑倒了香蕉

秋千架上没有秋千

不要丢这多糖果纸

不必说再见没个完

等到天开始降雨时

一切都稀里哗啦了

成仙

四

遥远的地平线开始遥远

已经分不清海水和天

浓烟散去了

苍鹰展翅云端

一队骆驼沉思着踱过

风吹动海浪吹动草原

世界不论在何时何处

一样的迟缓

一样的庄严

古城与世界同在

与我们的灵魂同在

风吹着

由近而远

再也看不见飞机了

钢琴协奏曲
——兔子

两队士兵

金属盔甲闪光

盛大操典开动

队列缓缓前行

远方

一只小兔

跳跃前进

跑出漫长笔直的路

如探照灯光

穿过伟大的夜

河流

直射沙漠深处

兔影变大

是人

是巨人

伸直躯干四肢

揭开教堂穹顶

壮哉天空

天空的瞳孔

飞翔的爱情

天空旋转生灵

星落如雨

青草开花

一双双赤脚踏过

含泪的面孔

奶牛伏下身

呆木的青角

注视天空自己

寻找最后一个屠夫

刀在哪儿

两队士兵

送葬的队伍

迎亲的队伍

用乡村的礼节

迎接一只

聪敏的白兔

跳跃着奔去奔来

小提琴独奏
——冬天的溪流

一道小河

一道冬天的小溪

一道冬天的小溪结了薄冰

而薄冰下的游鱼睡了

还记得么

春天的疯狂的梦

追逐发情的牝马

在多雨的日子

溢出河道

淹没田鼠的房舍

溢出河道

溢出河道淹没多雨的夏日

淹没我

土屋一幢一幢塌陷在水里

一道小河是蛇

一道小蛇是河

斩作寸段

群鱼在日光下起舞

漫山遍野死亡

庄严的书本上

记载着

冰下的游鱼睡下了

微笑着装作忘记了

一道小河的

溢出河道的梦的淹没

嗯

花腔女高音
——告诉你

在天上　　在地上

在狗头里　　在鸟胸膛

在远古的地窖

葡萄酒桶倾诉爱情

爱情的炸弹布满天空

桌子下面

也没有平静

唉哟　　唉哟　　唉哟

桌子下面也没有

滚滚的酒桶
爱情的炸弹轰轰隆隆
爆炸了　然后
我没有找到一毫一丝
爱——情

长笛协奏曲
——落日

你老了么
领着孙子
牵着永远年轻的妻
孤独地依傍着风车磨房
看不到放牧的羊群
羊羔一只只踢起尘土
封好栏圈
吃喜酒去
客人互相问候
挑剔着礼节和食物
问
去年雪大还是雪小
雪大过　雪小过　雪大

雪小过　雪大过　雪还在下着
纷纷扬扬
吹红燃烧的树汁
流出肮脏的眼角
把黄瓜和蜂蜜泡酸
已经落了许多场雪了
妻子没有回来

合唱
——汗珠

脊背上的汗珠
呼唤风
芟平了
左边的苜蓿
右边的苜蓿
左边的花头巾
右边的花头巾
放任眼睛
掠过昨夜遮住的方向
田野坦荡
你叉着腰

我叉着腰

牛儿叫着

马儿叫着

羊群也叫闹起来

一滴滴汗珠

落进了翻耕过的

土壤

交响乐
——烟

一

充满疑惑

烟升腾在地面上

伸出枯瘦的双手

伸向苍天

苍天何物

断裂　崩落　起伏

手成拳

捶动天与地

却没有天了

没有地了

没有手

无手的上帝与无脚的魔鬼联合

杀向人间

骑兵踩碎了

成熟的麦田

二

泥土沁出了泪水

马匹从泥沼里拔出蹄子

大地歪向这一边

大地歪向那一边

多么忧郁的舞蹈

文雅的谜语

遮住了少女的脸

车轮沿着古老的轨道转动

一扇又一扇门窗开启

飘出缕缕片片

轻烟　远山　小路　花环

麦场上的歌声

夜夜不断

三

叮当叮当叮当
打铁的手臂辉煌
潮水般退下来又冲上去
到处是喊杀的声浪
搏战的时刻忘记了往事
硝烟是死亡的礼炮
分列式行进在检阅台上
立——正
铜号成林
发出致命的寒光
预备——
放

四

而新的星辰渐渐飘起
你唯一的疲倦的眼睛
温暖倒伏的庄稼
每棵枯萎的禾苗
倾听复活的启示
昨天可怖的断层里

新的问句滋润沙砾

血污中的婴孩

镇静地环顾尸体

大山退却了

婴孩在无垠的地面爬行

身后

烟升腾

散净

静

…………

1987年3月

命　运

你烹做佳肴
辣椒与姜丝簇拥

你遨游湖海
相忘于有形

你乔迁玻璃新屋
案头赏悦自由的生命

你衔住铁钩
挣出弧线水花

你奋身一跃
如鸟如龙

不论什么
你还是一只鱼　鱼

1987年

春天（之一）

载受
对所有坏天气的抱怨
应许
盛开不停的阳光
　　　无数干渴的小草
　　　索求雨露
困惑
积雪埋着的垃圾
因你的到来而裸出
尘土喷呛　嗡——
当你的风呼唤花蕾
忧虑
解冻的清水污水
不知流向何方
鸟儿归来
巢呢巢呢巢呢
为什么唤回生灵

却没有巢

骗人

你还要

为不再发芽的每一株树

接受审判

虽然

那是冬天的事

因为你是春天

你是一切的春天

多么沉重

1987年

春天（之二）

昨夜风雨
昨夜风雨
杨柳梢头丝丝意

几度阳光
几度阳光
街头巷尾尽新装

春在何处
春在何处
心头轻雷逐小鹿

且写诗文
且写诗文
春到诗边思更深

1987年

泰国风情（五首）

重叠的夏天

一层层阔叶
牵引一层层楼阁
一层层芳菲灯火
连同施礼的绸裙
舞者的手掌足掌
也是一层层地迷的

雪白的猴子抖擞
金色巨蟒缠身
鳄鱼皮揉成钞票重重
金色屋顶的三角花
重叠在一层又一层
金色屋檐的波纹上
限于梁木的长度
成就了重叠的天空

一层层高的向往

我从冬地来
见你盛夏如醉
深深如历来
佛钟与酒吧女郎的歌喉
都细声悠悠
火样的容颜合十
泰文可乐广告可口
一道道赭红曲线娇柔
重叠的空调机隆隆
货物堆积琳琅
女郎的热情的唇
重叠沉沉的夏风

给我以盛夏的款待
数不清的花环面巾
吉音和鸣

佛城

巨石如天

雕一法轮花莲

莲蓬常转

起一佛城庄严

慈悲矗立

降生觉悟涅槃

植友谊树

常青常忆常年

拈花拈香

且纳须臾诚虔

旅游盛事

普度众客大千么

椰子和它的伙伴

橙红的芒果汁

你的笑靥鲜媚

精雕凤梨

袒露匠心灵窍

西瓜还是西瓜

何劳保持自己形象

自有本色如常如在新疆

青青金果

北方红枣的魄
未老先衰的柚子啊
因蔫干和苦涩而出类

菜汤里浇汁里烧鱼里
面包里香皂里芥末里
眼睛里柔软的小手里
到处都有你
椰子　众果的君王
出身于坚挺的巨人
在空中吸引飞翔
在海滨荫披波浪
在餐桌挥洒风韵

金塔

许多人梦过的
许多人恨过的
争夺过的　为之
死去活来许多劫的
辉煌　倾泻堆积
佛塔　寺庙　宫殿　舆

174

许多游客仰视　唏嘘

苦笑　超脱　留念　咔
你聪明的旅者　聪　明

答公主
——仿斯宾诺莎

诗琳通公主一见面便问：
你当了部长，还怎样写作？

对于世界
不哭不笑而要
写
便能写了

1987年

木卡姆

你热烈的呐喊如岩浆迸发穿透万年的地壳
是哭泣么是欢笑是死亡是生命愤怒的冲决

你灌溉茫茫荒野戈壁千里泻下情感的大雨

你朱红的唇儿如石榴绽开把夏天苦苦留住
是梦幻是疯狂是失却是祷祝是蓓蕾和果籽

你扫荡沓沓心田端端愁绪吹过语言的飓风

你温柔的体态如鱼儿游过飘浮洁白的云朵
是拥抱是羞怯是初交是分手别时含泪的一瞥

你打开千渠万河的门禁瞎子看到了遍天星斗

是歌声也是雷声是弦管也是奔突的千军万马
是舞蹈也是闪电是衣装也是永不凋落的盼顾

你撕裂了每一个粗暴的灵魂又拂以再生的泉水

啊寂寞的世界荒凉的山岭深皱眉头的黄沙丘啊
因为有了你我的木卡姆世界不再荒凉山岭不再
寂寞漫漫无际的黄沙舒展眉结从痛苦中醒来

啊孤独的男子悲伤的老者失去母亲的孩子被遗忘的
因为有了你维吾尔的木卡姆灵魂不再孤独老者
不再惧怕遗忘孩子找到了母亲再也不会失去

是什么苏醒了呢当木卡姆的乐声歌声响起
原来这才是世界这才是人间充满青春爱情
充满痛苦希望这才是生命才是活着的我们

我们活着我们有了世界的一切我们不会忘记生命和世界

因为有了木卡姆因为有了木卡姆生命的永远木卡姆

1987年9月1日
于新疆乌鲁木齐参加"天山之秋"时

扶风法门寺

那时怎样嘈杂过辉煌过
开始了你的盛典
努力想象你曾怎样被想象
来世总是更加庄严

你的无边法力
汇集匍匐万民
汇集金银珠玉奇宝
汇集虔诚匠心技艺
刑部侍郎韩的战栗
二十四院落八十八龛
九重函如九重天
忍受深埋的岁月
千年万年许多
压在佛塔下如白娘子
——非是由于惩戒
而是由于信徒赋予的

品格

历史就这样沉寂下去
不再有人知晓
又被这样偶然发掘
只有地宫四壁墨色
黑亮如新鲜

然后无言惊奇于
聪明流畅的解说词

1987年9月

历史（一）

历史就在我们的脚下边
我们仍然活得平安
了不起
历史就在脚下边
只要挖下去再挖下去
一切都会了然光天
供四方游客观光
票价0.50—0.60元

1987年9月

历史（二）

文物使我赞叹

历史使我觉得陌生

慢慢地也许是很快地

我们互相吸引　习惯

历史是一坛稠酒

一口一口呷下去

醺醺然

旋转什锦拼盘

外加高橙与可乐

只有辣子睁着眼

1987年9月

漫　语

一

医学想的是
延长生命
而诗给予的是
诗人的假定
假如一年只有
二十分钟

你看到了什么

二

一只鸟叫了
喜？丧？求偶？报警？
悦耳动听？扰人清梦？
扔去一块石头

鸟儿便飞去

三

不再修建哥特式教堂
不修万里长城
不修金字塔
不修故宫冬宫凡尔赛宫
不绘洞里的壁画
不铸金佛金钟
…………
修什么

四

请不要悲哀
也不用气急败坏
不一定急着转世
树纵然开不出花来
也不必痛恨世界

五

西红柿青了

红了

滥了

烂了

然后轮到了萝卜

萝卜能不能汲取点……

六

趋也匆匆

避也匆匆

越匆匆越被动

七

伤风

春天不就是噩梦

八

一块石头
浇水施肥册封注射激素
都对它没有帮助
一杯酒
泼洒于地
仍然散发着醉人的芳芬
一颗莲子经过了许多世纪
又发芽了
青青碧碧
一只小乌鸦自称有了来头
哇、哇、哇啦
而已

1987年10月17日

罗马漫步

我在哪里漫游
注视着古城墙和咖啡豆

我在哪里掉头
在旅馆与使馆的交叉路口

我在和哪一位握手
诗人、官员、训练有素的镖手

要一杯什么饮料呢
庞贝的矿泉还是西西里的葡萄酒

我在哪里计算温度、纬度、时差
昨天与今天哪个正在走来
欧洲与亚洲哪个更加远古

我在哪里漫游

已经去过你的家乡意大利了么

我可有什么不同没有

黄鹤楼

都说是你复活了
突兀如中天的梦
那复活了的是你么

都说你有许多历史
你的魅力正是那朝朝代代
灭亡几次便几次重建起来
往事能不令你寂寞么

你不知道大桥
大桥已经代替了你
为什么大桥也这般思念你
如思念硬通货和游客

也许我们曾经相知相和
你是传说中的楼阁
我是幻想中的鹤

我飞来了，栖息于你
凝视你愉悦你多少照拂
然后分手不再回眸
也许我们曾经约定
相会在十二个世纪以后

黄瓦红柱为什么这等分明
飞檐窗棂这等巧合
你的风度使我怀念而又疑惑
我的身世使你欲语却又退躲

你已不是你
我已不是我
相逢何能再相识

你的再生平添了许多傻气
我的登临平添了许多回忆
多么温暖，多么惋惜

1987年11月

189

东 湖

在你平静的湖面上泛舟

我扰乱了你

你温柔了我

我画出一条又一条任性的线

深深浅浅，曲曲折折

线消失了，你更加平静如凝

我却再也不能忘记

你温柔无语

1987年11月

无 题

安安静静
安安静静
月光树影
树影依风
忽然
似有门声
似有唤声
来了么
我期待已久的
去开门吧，去
门开了
什么都没有

1987年11月

旅意诗草（六首）

致海上浮标

在西西里亚的太阳下
我命定的追求和诱惑

在通向你的蔚蓝的道路上
每一刻都可能沉没

我一次又一次地抵达
一次又一次地转过脸来
心跳了，忧伤而又骄傲
悠悠呼吸着你的胸脯
与第勒尼安海一起沉浮

洁净可人的浪花可是归宿
又谁知咸辣如火

为什么不是小岛不是鲨鱼
没有自由没有安宁也没有解脱

才回到与泳衣争艳的阳伞下
又受到你神秘的吸引了
还要出发一次徒劳一次
还要不要再游回来呢

巴勒莫风光

山与山之间
是海

海与海之间
是山

山与海之间
是巴勒莫　蒙代罗
古堡　教堂　葡萄园

城市的守护神洛莎莉亚①

不知道诗与诗之间

是什么

是失却的失误

是永远的遥远

是不可能的痛哭无声

加上一次友好的邀请聚会

地中海松下　夹竹桃边

比萨洗礼堂的回声②

在伽利略的斜塔旁

你发出一个呼号

得到许多回应

长短高低哀乐重叠

比原声还要动听悠扬

①　洛莎莉亚是古代一殉情女子，后成为西西里岛首府巴勒莫市的守护神。蒙代罗是巴勒莫市海滨小镇，我在那里忙中偷闲，畅游大海。何日能再？呜呼。

②　比萨斜塔边有一圆顶洗礼堂，回声效应极为神奇。

是丰收还是寂寞

耶稣

你被钉在十字架上
永远也不得下来

你垂下忧伤优美的头颅
永远也不得抬起来

你被崇拜又被出卖
不得复仇也不得感戴

你流血你疼痛你怜悯你死去
没有一声表白

你被绘画被雕刻被解释被误会
全部承认全部接受下来

你带来希望带来失望和怨恨
你应允一切同情一切理解一切

你没有请求没有希望也没有
命运

在翡冷翠即佛罗伦萨一个
著名餐馆用夜膳的经历

一

初次接近你的那个夜晚
飘摇的脚步疲劳又兴奋
踏着世纪悠长的石块
穿过周末的明亮空旷
无尽无依的你的青春

两侧的豪华紧锁门户
标价放光可望而不可触
建筑骄傲并忧伤于自己的古老
侧身于蒙娜丽莎与菲亚特车流
之间的小径，闻着二氧化硫
你的沉默使我惊异
没有霓虹没有声乐没有橱窗
没有高帽侍者迎门而立
你穿着黑色的修女衣衫

俯瞥着慕名者来了又去
坐到米开朗基罗时期的木椅上
盼望接纳如盼望你的恩宠
什么时候轮到我的告解呢
你送来一杯清冽的酸楚
送来一撮温暖的维他命

需要等待，我们和你们、她们
跷着美丽修长的欧洲的腿
相视而笑抱歉于不同肤色
人类的共同的虚荣的食欲
对时间正如对历史无能编辑

一切生活都是盛典
一切盛典都是程序
一切程序都是专心的游戏
连疲倦都具有新鲜感
想打哈欠么？越显得温柔、矜持

二

几支蜡烛为你而悄然点起
一个个盘子托出你的美貌更替

白葡萄酒如你的少年昨日

红葡萄酒里有你

苦涩的鲜丽

浓郁的香槟令心儿随着舌尖走失

交谈是缓缓的渗透

蜡烛点燃是徐徐告别

刀叉运动是慢慢试探

只有传播美食的天使

跑动工业化多汗的节奏

　　　　——认真保持微笑

　　　罗马举行了田径大赛

夜深了，清醒才刚刚开始

最动人的是最后的程序

那高雅而又平静的付款的悲剧

你道谢的眼睛睁大而憔悴多情

是一次冒险，还是一次洗礼

便又走上因用饭而不再陌生的街

谈论历史、文明和夜的漫长

我忽然体验到了虔诚

对于优雅而不热烈的

你呀，何等留恋

我的心碎了

记佛罗伦萨^①

你有圣母一样的面容

你涂了绿蓝的眼圈嘴唇红

你有庄严悠长的钟鸣

你弹着吉他唱甲壳虫

你有无数的尖顶穹顶

你有豪华的旅馆五星

你的每一块铺路石记述幽深的

历史

踩在上面的有多少美、日大亨

你的"大卫"如果走出宫殿

付得起小费么为含笑的眼睛

　　①　佛罗伦萨，在徐志摩的诗里按意大利语发音译为翡冷翠。大卫是米开朗基罗的著名雕塑，现置佛罗伦萨美术学院内。在佛罗伦萨比梯宫斜对面，有一所破败的公寓，上挂一铜牌，书"陀思妥耶夫斯基1868—1869寓此，写作了《白痴》"。黄色的百叶窗破破烂烂，望之凄然幽幽。柴可夫斯基亦曾在佛居住。而"老桥"是佛市著名的摊贩市场，两旁是首饰店。

你的山丘你的坟墓如梦
你的菲亚特你的摩托如龙
你的老桥已经老了
你的比梯宫已经旧了
你的陀思妥耶夫斯基的旧居
半张着失神的黄眼睛
你的翡冷翠的美丽的译名
早已冷了

如今
游者蜂拥
几许亵渎　几许无情
几许谬托知己

我来晚了么
对不起你呀佛罗伦萨
如对不起少年相梦晚年相见
　　匆匆便
　　相别的
　　情人

1987年10月

文人与酒[①]

有酒方能意识流，

人间天上任遨游？

自古文人爱美酒，

诗文伴酒传千秋。

神州大地多琼液，

且从茅台喝起头：

茅台酒，亦刚亦柔多醇厚；

五粮液，本色天成最解愁；

杏花村里，汾酒清秀；

泸州特曲，芬芳润喉。

还有那，绍兴黄、状元红、

　　加饭花雕香满口，

味美思、玫瑰露、

　　桂花陈酿醉方休。

太白斗酒诗千首，

孟德举杯思悠悠，

---

① 本篇是为京韵大鼓表演艺术家骆玉笙（小彩舞）写的鼓词。

曹雪芹，典当皆空沽薄酒，
且酌且悲写《红楼》。
杜康刘伶亦好友，
驰骋万言笔难收。
更堪喜，而今世界多锦绣，
中华连接五大洲。
苏格兰威士忌加冰块，
拿破仑白兰地掺雪球，
香槟、雪梨、杜松子酒，
为了和平、友谊、文化交流。
遍饮世界酒，反添几许愁，
家乡风味何处有？
故国万里梦中游。
且尽杯中物，客居情思稠，
举杯遥祝江山远，
热流滚滚涌心头：
一祝愿，国泰民安春常在，
二祝愿，父兄长寿乐无忧，
再祝愿，四化大业早实现，
巨龙飞腾壮志酬。
这才是，酒中自有真情在，
饮而不贪是真正的风流。

1988年9月

东欧行（八首）

抵布加勒斯特

到布加勒斯特去
到从未有过的经历
亲切的回忆中去

盘旋于尚未凋落的林木
盘旋在黑眼珠、黑水潭上
说布加勒斯特是七湖之城

是耳鸣还是风铃
是深秋还是初冬
那厚厚的是雨
还是落叶呢
那严肃深思的
是老鸦么

暮霭中质朴的欧洲人

排队等候公共汽车

一边是法国式凯旋门

一边是一幢幢小洋房

三只纯种波斯猫

和一只由于过分亲昵

失去威风的栗色狗

还有巨大高楼老式电梯

像窄小的铁笼

罗马尼亚

你的土地温柔

罗马尼亚狂想曲

这是一家民间歌舞团的名字

起得极是

不是急风暴雨

不是急风暴雨

只是生就的旋律

达吉亚人的后裔

拉丁人的脾气
跳舞唱歌吹笛打琴
做什么都
唯恐来不及

玛丽亚·娜姑

——尼古莱·哥黎高里斯库的一幅画

众生默默
长夜黑黑
幽暗中忽然
忽然浮现了你湿润的眼睛
你的笑容柔得好苦
令人落泪的美

谁计算过人生的小时
我们邂逅
十秒钟

再见，不会再见的，
已经记住，终未相识
"白白"啦您哪

华沙

你被吞并被宰割送入化人炉
你已不再存在
而你复活了
靠大理石和往日的画片
靠与泪水一样多的汗水
靠波兰
波兰，波兰，波兰

复活了的你已不是从前的你
仍然激动不安
却不再天真

幸存者用面包屑喂食
肥胖的灰鸽子
不时抬起眼睛
观看冬日的天空

雷泽衣斯基教堂听管风琴

左面响了，右面响了

上面响了，下面响了

沉闷的响了，雄壮的响了

温暖的响了，忧郁的响了

圣母显灵了，圣子显灵了

管风琴显灵了，心显灵了

方方面面弥充着神灵

然后

一切归于沉寂

参观旺楚特城堡博物馆

下午如黑夜

参观似梦游

寒冬苦昼短

教堂古钟声悠悠

神像馆里神像如海

马车馆里豪华气派

辆辆都比"奔驰""雪佛莱"豪迈

而你的宫殿

令欧洲惊羡

这是可能的么

帕托夫斯基伯爵

搜集了金、银、铜、陶瓷、木套套珍宝

件件艺术品也被你吸来

然后匆匆逃离

顶棚上留下

永远的落荒

庄园称城堡

坚牢未可破

驾车趋长街

族徽多显赫

众人趋避疾

侍立执辔吆与喝

而今身与名俱灭

笑脸迎游客

沧桑寻常事

遑论瞬息苦与乐

克拉科夫古都

褐色的地板

褐色的壁毯

褐色的王宫
褐色的久远岁月
一切旧物
和初冬细雨
都是古老的褐色

不知名的妇人献给中国人几束花
鲜绿的叶
花瓣重重
鲜红色的、橘黄色的
粉艳艳的、洁白如玉的
星期日正午的褐色弥撒
再一次隆重开始

访匈牙利音乐家
巴尔托克故居

你走了
便没有再回来

留下房子
留下你

永远站在四季碧绿的草坪上
接受四季的寒冷
皱眉凝思无语
怀念你多难的土地
我没有见过
这样痛苦的雕像
——这样铸就的痛苦
　　用青铜

留下东方色彩的民歌
——像我的呢
留下乐谱如篇篇书信
在塑料的保护下
不再出声的你的钢琴
留下被大头针固定了的
各色各式甲虫翅膀

你为什么不回来

1988年5月

怀

一

左面是海
右面是海
左面是鱼
右面是鱼
前面
是玻璃

二

失眠与失眠间
是浓浓的故事
匆匆醒罢
有泪如刀
追记时便想刽子手
何等乏味

三

同情一株
不结枣的枣树
我的符咒
为了孕育过的
中秋月明
和
孩子手里的杖

四

失去葡萄
失去兔儿故居
当挥动带刺的枝
题字汪洋潇洒

五

你是真实的
你的姓名也是

地址也是
电话号码也是
而在你家里坐的
只有皱眉的老父

六

我便再不能
跟你通话

七

接吻的一刻
想起
也许你要托我
办事购物换外币办公司
你是"倒儿奶奶"么

八

我们在大漠相逢
火车在高原

树林和崖洞里

奔驰

我们整夜洒扫陪伴

迎接新的蛋黄照耀

九

终于分手

手术刀把爱情

的户口

转入税务所

十

就如那部苏联电影

我的神圣

确诊

先天癌

布哈林鲜血

五十年后

流出

十一

反应是平静的
少年时代的记忆
很沉着

十二

乐队迎接要人
举起长须毛瑟枪
用穆斯林的细密
述说趣味与威严
图案的纯净

十三

有许多雅洁的门
通向红酒鲜花
水果篮上芒果橙黄
看见的有
旅馆经理的名片

十四

门外挂着纸卡
写好现成的
"请勿打扰"四字

十五

握手
发轻巧的唇齿音
用牙签取食品
微笑如上帝他妈
凝固如木瓜宝玉
痛哭如花粉鼻涕

十六

你已成为雕刻
虽然
剪短了头发
面色不苍白

十七

急促的鼓点
旋转
青春的肚皮
小费放到
肚脐眼里
我们不再相识

十八

黄昏扬起
唱片立体声
"夏天最后一根冰棍"
化作水滴
我没有等到你

十九

冻结成光泽的蜡人
与侯爵、总理一起

含笑于封面
等待宣判

二十

按地位与年限
或有偶然风雨
蜡像融为黏液
塑造新的名人

二十一

世界上的蜡
不多不少

二十二

X射线发明
结核菌失去刺激
明亮的瞳仁
不接受
光与暗的新意

二十三

我寻找你
深夜坐到庭院
嘲弄并轻叹
什么时候失去的
悲哀呢

二十四

到伦敦圣詹姆士公园
看鸟
陌生的女人给一把
未去壳的小米

二十五

信赖的细爪
搔抓掌心天堂
喳喳争议

二十六

你没有欺骗

小鸟么

你没有捕杀烤食

这些小东西？？？

二十七

吹吹打打

保持

古代地方仪式

如初

碧色大理石

上面的光荣的名字

二十八

教堂里的纪念

证明了

不存在而不是

存在

二十九

智慧的按摩
使温水流荡
不复疼痛
接到复查通知
只提到
胆固醇一个单项

三十

血液里没有的
档案上也没有
大街上没有
书市上没有
诗里也没有

三十一

我的身体健康

三十二

在噪声中飘起

在噪声中落地

还在噪声中

使诗人

不能原谅地

写

献给你的

诗

1988年6月伦敦归来写就

旅　店

需要一把钥匙
哪一把呢
是宿命也是随机

有了这钢铁的数码
一瓶香槟　一桌酒席
不问你是谁

比爱情还温柔　也许
声音形象色彩　香气
窗下的街道和海　翻腾
许多镜子　一个自己

能够忍受比妻子
还周到的体贴吗
像忍受猫爪的捉弄

电梯总是板着面孔

接受你与你的行李

吐出你与你的行李

无须告别　门已关闭

对旁人如法炮制

一个潦草的故事

一个陌生　亲切的世界

在时限内　结账前

属于你

1988年7月

古城遗址

一座小城
活得还好
被自己的居民知道
忽然脚下挖出了罗马圆柱
剧场　神庙　集市　殿堂
比今日更加辉煌　显要

最重要的人物　首先是
学者和妓女　蜂拥而来
喧喧闹闹　惊愕不已

给每个人留下猜测
留下更多的空白
历尽劫波　沉埋深底
你为什么洁白　无缺

古城无语　尊严智慧
不必解说

1988年7月

225

疲劳一解

带微笑的哈欠
一种缓解或者
迂回
自我保护的本能
成熟的重要标志
豁达亦即经验　明智
尊重客观规律　谦虚
彻底战胜了失眠症
亦即战胜一切障碍的关键性
修养

1988年7月

形

大海半圆

浴场如彗星轨迹

一个黑点

扯过去一条长线

扯回来一条长线

几个回合生死

大海依然大海

流星不知所去

1988年8月

海的告别

缘分了结
提前一个轮回
匆匆别
逃离你温柔伤口
留下点点小船
悬挂云天无依傍
待长成簇簇风中灌木

雷雨过去
潮平沙涸
袒露出石子彩贝碎屑
你伟大的无语无奈

忽回首
见你含泪伫立如初
天赐再次话别
投向你的怀抱

你已陌生
盛夏浓处
明朝秋风渐起

1988年11月

忆

那日来时
你我都已衰老
沿断墙青苔
彳亍无人海滨
徜徉云蔚
心浪连天涌

而今你已开锅
沸沸扬扬
人红水绿
豪都有肚
杯盏狼藉

急急风
我们突然年轻
多流多变多梦
黄金霹雳签证

且相问

何日长成则个

1988年11月

雨

小雨潇潇
今宵再次分手
伞下情人紧依偎
登裂石
寻风踪浪迹
誓海枯山烂不移

人归去
街沉寂
大浪激扬何人知
寸心辗转难成句
纵有千种思绪
带不走你啊
永远的朝潮夕汐

1988年11月

游

你的季节　我的季节
厮守漫长水线
无雨时刻揣度
我是一条大鱼

在你怀里敞开
是幸福的青春的漂浮的
永远透明如水母
空洞的眼睛和胃
驶向多梦的天

用不了奢华才气
响起沉闷的雷
投入你的波动
骄傲——自如
便是提心吊胆了
受阻防鲨网侧

忽然想起　也许
已经流连太久
用尽蛙式蝶式
咀嚼均衡咸苦
游向远方的沙
不敢多留一刻

也许你已古老
辽阔空荡同义
高潮如山
循环相因
虚张声势
退去　退去　退去啦
沙哩　沙哩　沙哩啊
嘘……
我早该忘记你

你的季节
我的季节过去
皮肤历说秋风起
又是一年秋水碧
依然十里浪花白

挥手
相视如陌生逆旅

陌生的你
陌生的我平静了
因陌生而端庄蔚蓝

1989年8月写于烟台

雨　天

下雨天　下雨天不要游水
看海吧　在岸上赏酒弄杯
想着你　游得好多么快活
而且游得远游得真远
海狗也无法与你比赛
游远了海就大了无边
大雨落在大海海面满满
然后缓缓游回瓶里

1989年8月写于烟台

蓬 莱

给我一个葫芦

或将漫游于沧海

如你的门票中八仙

落地星石巍然①

天风磅礴

海市甚是可遇

对虾的价值观念

超尘高蹈

相逢一笑泯俗肠

1989年8月写于烟台

---

① 山东蓬莱阁公园高台上有六块红色奇石，或谓系陨石。阁楼中有八仙塑像，购票可入。又，游蓬莱时蒙地方领导以小葫芦相赠，相传八仙之一的铁拐李，即系葫芦而漂洋者。《庄子·逍遥游》："今子有五石之瓠，何不虑以为大樽，而浮乎江湖。"

埃及游（三首）

卡纳克神殿

怎样与你对话呢？
相隔两百多万个昨天……

你的形壳如生，
收集赞叹与疑惑，
人类的洋洋大观，
使人类黯然失色。

你陨落了，失却声息，
活泼的是栖息在你肩头的
野鸽子，抖动翅膀，
不遗憾也不再猜测，
有了你，地球变得沉重，
脆弱短暂的生灵因为自身。

你缔造坚硬的辉煌，
再也不忍心讽刺。

金字塔

宏伟，却又那么简单，
简单又何曾寻觅宏伟？

永恒令人倾心，更多的，
倾心的不过是一瞬。

世界没有终端，
金字塔毕竟是一个尽头。

几何学不是神话，
你的图形充满神异，

我们都学会运算了么？
谁弄得清加减乘除？

感受孕育着语言，
无言是最好的感受。

尼罗河

你是古老的,
更古老的是你的声名,
面对你却难以置信
你就是尼罗河。

居高俯瞰,
但见团团蓝雾,
太多的历史风云
怎来得及消化?

五星酒店跻身于
拉姆西斯的遗迹之中,
侍应生遮住通体大袍,
免得不好意思。

我静静地望着你的
船、桥、车、楼……
熟悉你的陌生
心事如烟,你
流向何方?

1990年1月

养生篇（四首）

保定铁球

光润的地面，
映缩巨大的世界，
如晶晶八时画图。
空无的腹腔，
撞击出一声清脆，
一声钢的温柔
渐弱、渐弱、弱……
永不受风。

健身环

移山的气力，
捏扁小不盈掌的
橡胶圆环，
让环上的刺，

刺痛你的掌心穴位。
你找准了么？

拉力器

一条，两条，三条……
多少肌肉，
多少青春，
忽然展翅
不飞。

郭林气功

静静地站着，
两目平视，
仍然没有遗忘。

静静地吐气，
默诵口诀，
仍然没有遗忘。

静静地抬脚落脚，

姿势端正，
仍然没有遗忘。

可又有什么不忘的呢？

1990年3月

回新疆

土屋里的茶炊毡房里的奶，
葡萄架下的编织玫瑰盛开，
石头缝也流出温泉汩汩，
洗京华风尘添昆仑神采，
会见又再见，握手又分开。

我变了么？所有的经过
都没有经过，我还是
你的。扛着砍土镘上工
走到大湟渠，又走回来。
维吾尔语仍讲得胜任愉快。

逝者的姓名如星辰点点，
幼者的身材成大树排排。
笑吧，让我们抱头痛哭，
大地就在脚下实实在在。
往事如烟，友谊似铁。

塔什库尔干[①]

经过遥远，

经过飞云，

经过三十年岁月，

翻浆，急转，大路环绕如歌，

冰峰，峡谷，飞石压顶欲坠……

我到达了你。

深呼吸便适应了，

才见面便倾心了，

以古老的程序接受敬酒，

沉醉于心湖的清澈。

神秘么？帕米尔高原啊，

难以触摸，难以掌握。

_____

① 约三十年前看电影《冰山上的来客》，更加向往新疆，向往塔什库尔干。在新疆时未曾去过塔什库尔干，终于在一九九〇年十月得偿夙愿，故为诗。又，慕士塔格，冰山之意。这里是塔吉克族自治县，塔吉克语属波斯语族，印欧语系。

难以近迫，便只能在
你的脚下，编个电影故事。

因为远，冰雪，高耸，
因为你石头平静的构成，
因为缺少孪生的氧，
因为你有不同的语种，
因为你有慕士塔格峰。
爱你惦记你不受侵凌。

1991年3月

张家界

寻仙的路还是采药的路？
避乱的路还是行吟的路？
山山都有路了。

石的造型还是树的造型？
云的衬托还是雾的衬托？
处处都有景了。

无心造化，
有心导游。
招来众多人客。
气喘吁吁，匆匆一瞥，
腰酸背痛，赶回旅舍，
然后说一句：

"我已来过。"

1991年3月

长江行（之一）

流水，流水，流水，
青山，青山，青山，
一日，一日，一日，
行船，行船，行船……

走出峡谷，
开阔的平原。
大海等待你，
不再牵引增删。
一片汪洋便是：
艰难往事的
纪念。

1991年7月

248

长江行（之二）

青山永远是青的么？
流水永远是流的么？
长江永远是长的么？
阔野永远是阔的么？

回答是何等紧要呵！

1991年7月

石　林

是才华的洋溢？
是性情的灵气？
是不平的冲击？
是经验的沉积？
成为：
石的高耸，
林的诡秘……
大地想象形状，
我们编造故事，
讽刺而且突破了
紧硬的地平线。

1991年7月

净 土

在遥远的浓雾那边，
一重又一重山峦。
在遥远的山峦那边，
没有采伐过的树木相连。
在原始森林那边，
遥远得如同天外……

到那里要走很长的路，
天雨路滑，九九八十一弯。
路远也要去，路险也要去啊，
那里有一块天真的土地：
他们的梦是清明的，
他们的喉咙是清纯的，
他们的呼吸也比我们简单。
他们没有受文明的污染。

这块净土还能保留几天？

1991年写于云南大理至芒市路上

怀　念

你已不再露面。
有一条小人鱼从那儿游来，
述说那个无雪的冬天的事。
一身雪白，竖起松鼠尾巴，
头上扎着六角冰花，
点缀节日焰火管制。

每一首波浪隐藏，
隐藏一朵朵危险的钟情。
骄傲的黑鸟微微展翅，
掠过铺陈的彩霞，出发
寻找海底商船，沉没在
你我没有出生的时候。

后来你就老啦，
许多的结婚、割礼、华尔兹，
都没有你。

你也是可以忘记的，如
忘记斋月的闪电、小山羊
和你端庄的泪。
蠕动蚯蚓的山丘。
浪花破碎成氯化钠颗粒，
腌制云霓。你娇小的鼻子上，
压来团团尘雾。

为你的生日插上火箭，
吹灭，消失在身旁，
想你，沉默得如同黑发。
看飞毛腿一枚枚发射，
很久……光亮……

1991年7月

温　暖

美丽的年华奔向你，
四面八方奔向你。冰冷
无物的恐惧。影子
动用肌肉的紧张。相逢
使回忆遥远：好像
美国，苏联，越南……

而你涌动漫长的冷淡。
涨潮了么？在落潮时刻
汹涌跳跃，守望者、
气象学、表格莫名惊愕。
思念的月亮，朔望
偏离初中欧几里得。

于是放弃彩色幻想船，
丢落饱满的救生圈，
不去听珊瑚岛月夜的歌，

任凭动摇的海浪相送：
太平洋、大西洋、南极……

到达的钟点与预报无异。
如同柏林街头的牙齿，
被寂寞的摇滚拔除。
天空飞翔快乐的苹果，
削下一半果皮卷曲潇洒。
而你静卧于温暖的波浪，
等待下沉。或者——
帆。蓝鲸静静驶去，
疲倦的鲨鱼咀嚼
白色沙砾。

1991年7月

平　安

他说，他把他的构思全丢啦，
那就去红烧排骨酥脆，
酸拌麻油芹菜、秋叶、蒜汁。

他说，他把戒指丢啦，
那就赶快登记结婚。

他说，他把舌头丢啦，
那就快去演说虎虎，
外汇券，导游，阿里嘎多……

他说，他把机票丢啦，
飞机忘记了安装翅子，
那就举起酒杯，
祝我们一路平安。

1991年7月

浮 游

浮浮摆摆，飘飘摇摇，
日光眯进眼睑，
一顶当年草帽，
播撒远行种子，
忘却春雨红瓤西瓜，
破获海水的梦，
与蒸过的螃蟹切磋，
无须化验。

能几次？奋力搏击连天浪，
直到天水茫茫；
教授不懂，副教授也不懂，
文章和妻都是自己的好，
唉……再见吧：远点。
徜徉于日月和泡沫之间，
吐出沧海，
呼吸均匀名句。

雨点阴云聚集起来，

打疼了直视青天的眼神。

贝　壳

不知道哪次大潮涌你来，
不知道透明的躯体哪里去？
不知道物价的雄图。
感受佳肴，你痛苦吗？

一切归于沉寂：不论
饥饿的生灵，庆贺的礼炮
台风警戒，触礁前的日记……
眼泪凝固于华丽的"派对"。

你走了，留下喜悦的外衣，
阳光一样的纹理记录，
与生俱来的负担，美的形式，
静静埋在沙里。再经历
捡拾，收藏，抛弃，碎……

一次又一次涨潮
海的轮回无忧

1989—1991年写于北戴河

259

有些话[①]

一些话我想对你说，
始终没有说出，
那就不说也罢。

一些信我曾想写给你，
始终没有寄出，
那就不寄也罢。

我有一些眼泪，
始终不想流出。不！
也许它们会变成诗和
小说，让你惦记让他
猜测不已。那就
惦记和猜测去吧。

1991年6月录1988年旧作

---

① 本篇亦为作者小说集《我又梦见了你》代序。

西湖杂咏（六首）

孤山

都来围绕你，游玩你，喜悦你，
你仍然名叫孤山。

都来点缀你，附庸你，建筑你，
你仍然是孤独的山。

在你的领地酒潮菜海，
在你的领地楼堂豪迈，
在你的领地古物璀璨，
在你的领地冷饮热卖，
在你的领地追怀鹤鸟，
游船穿梭，行人往来，
佳宾中外……
你仍然孤独，也许
更不可救药。

孤独

成全了你的盛名

我不知道，

真的、与未必的孤独，

哪一个更

令人叹息。

楼外楼

哪个楼的外，哪个外的楼？

佳肴外的佳肴，美酒外的美酒，

天堂外的天堂，碟子外的碟子，

筵席外的宴请啊，

不醉无休，醉也无休。

驱走饥饿的梦魇吧，

饥外饥，饕外饕，

吃也吃不够。

天外天，楼外楼，

身外身，愁外愁，

乐外乐，秋外秋，

潮外潮，流外流，
良辰美景梦外梦，
但愿此生不下楼……

岳坟

啐吧，吐吧，
勇敢正义纯洁忠诚的人们，
绝对不容忍奸佞如秦桧，
即使他已死千年万载，
变成假人跪下，
也要让他葬身于口水的大海。
而岳飞，是怎么死的呢？
英雄，是我们的，
奸佞也是，
分明的义愤后来也是。

偶思

不！——
不要这么多景点的名称，
不要这么多故事的流传，

不要这么多历史遗迹，

不要这么多诗文、地图、导游……

把小小的西湖填满。

只要，只想要你自己啊，

小小的山水，

小小的地方，

短短的一段温柔，

短短的一次漫步……

秋瑾墓

你为什么也歇息在这里，

你不觉得拥挤么？

多少慷慨，多少悲壮，多少热烈，

化作西湖一景，

与断桥、三潭、秋月、灵隐……

一起。

犹有钱塘江潮，

铺天而来，

盖地而去。

西湖秋

衰荷支持你宁静的记忆
虫子，激愤宋代的喧哗
而清晨的雾霭疏散恋情
永远的白堤，苏堤一圈
堆积的风流哈欠中走乏
　　　无言
　　　你尊严的不二法门

梧桐再斑斓一些也罢
阳光多一些明亮也罢
落地覆盖，一层一层
你缤纷骄傲的戏文
不再演唱
季节依依小湖的秋色
岳飞秋瑾苏东坡林和靖白乐天
包围得密不透风，幸好
厮杀出了条蛇，血路
唱个肥喏
　　　秋天

265

是必要的

四时胜景、炸臭豆腐
虾兵蟹将、义士豪杰
啐向奸佞。咽下响铃毛蚶
积淀消化细胞的隐患
CT的威严幻梦
母与子打开小巧雨伞
排队飞向菊花朵朵
洁白如你泽润的牙齿
　　咬住耻辱
　　且笑酒语弥天

遍寻湖底柳梢头
不见明月
醋鱼肘子不噎不废的好日子
关上夜凉窗户
　　思念
　　一碟萝卜

1992年3月

无　题

治丧的信封上
写下对你思念的旧址
屡次的迁移失去
　　　猫的足迹，春季
绿水游过木船木桨
拳打脚踢的年华止歇
鲨鱼痊愈跃出水平面
栖息于月儿枝头

在告别最后的通知上
邮局错过了
约会的日期
游览香甜的樟树
才人和烈士的往事
历历如飞鸟，如不灭的星斗
高悬的缆车狂笑
借问陈年香谷，明天天气

预报，分明否？

起飞前的轰轰烈烈里
忘却蒙老瞎儿的游戏
新出版的全集，替你
　　签上笑容
　　热泪如注
那乱箭钻身的，不是孔明
也不是少年英主
了却心头旧事，再写几段
不会叫人失眠的篇什
夜光表嗒、嗒、嗒、嗒

1992年4月

无　题

在浓绿的远方树荫上
水里的过期青春聚会
一叶偶然游艇
怎能把分离的边界弥合
所有的微笑都没有结果

所有的结果都没有微笑
就像北方的风
把沙丘北面的积雪吹去
留下南面白鳞
何必春天
鱼儿远游无处

剩下四个、五个、六个
打滑的轮子
冲散羊群
你赶上车了么

写封匿名信

署上边远的姻亲的名字转

在天蓝色盐湖畔

高山木屋，拿起吉他

穿起祖母出嫁时候的丝绸

　　泪也难流

　　笑也难受

你何等的恐惧与卑微

躲闪着自己的姓名

夜色中拨响琴弦

一只小河马的钟表

秒针不再行走

你瑟瑟地发抖

　　　　　　　　　　1992年4月

动物园（四首）

给狼

你的面孔讲完啦，
抖战地定格故事，
偶有磷光闪闪——
浮肿的牙齿。
透露一两行木然真情，
干瘪了么，你吞噬万牲的梦？

呼吸吐纳，未必有助于
脏器的天机。鼻子，
难改寻找猎物的积习。
恫吓和讨好都不注意，
眼神忧郁得如同——
　　　　失去了不贞的妻子。

鸟

飞上去又落下来，
飞上去又落下来，
飞下去又飞上来，
飞下去又飞上来……

在人工捏塑的树枝头，
歌一曲天然悲欢。
在孵卵器里，
留下森林的前世追忆：
吱……

小象

作为国家的礼物，
总理赠给总理，
友谊赢得了友谊。
而你的无腔的口琴，
现代、孤独、调性颠覆——
抑是殊荣、喝彩、票价的收益？

想做你的经纪人呢。

其他

是爱的季节了么？
燕子飞行的曲线，
如飘逸的思路。

是雨的季节了么？
青蛙锣鼓声声，
大幕没有拉起。

是羽化的季节了么？
河马臭气熏天，
板着它酒徒的面孔。

是睡觉的季节了吗？
猴儿逗不出洞，
急坏冬天的孩子。

1992年7月

273

桂林（外二首）

是一段风景，
一篇少年的风流故事，
当大地天真涌动，
童话——没有完结。

一种契机，
一股暖风，忽而
一阵迷蒙春雨，
一种意外的想象和勇气，
突然奔放起来，突破了
平庸。

顽皮的游戏，
爱情的冲击，
拱出一片
灵感的冒险，
在凝固透底之前，

寻觅自己的形象。
找到了桂林山水。

惩罚么？千年万载，
沉默不语。

成为旅游创汇的一个景点，
任千万人指画，
导游小姐牵强附会……
悲哀，而又苍翠
如许。

给漓江

曾经有过巨石的堆积，金字塔，
有过阿尔卑斯山、天山博格达峰
和帕米尔高原的积雪。

有过太平洋、大西洋的波涛，
红杉林，茵梦湖，巫峡神女。
有过卡萨布兰卡的豪华午宴，
凡尔赛，雅典神殿，马德里……

哈啰，好，一一接踵而来。

如今，又有了桂林，漓江，
一次，一次，又一次……
相见并不沉重，
邂逅远非奇遇，
仍然有什么失之交臂，
无法克服的是
距离。

可怎样记住你？
可怎样温存你？
可怎样写给你？

匆匆，
匆匆春也归去，
秋也离去。

锦瑟

那一天，突然坍塌，
诗人的软弱的手指，

指向
宇宙的严密六合，
石头滚滚落地，
无声。

鹧的毒牙已不再尖利，
红楼女子不再侍酒，
牡丹不再凋零和开放，
细雨也不再潮湿。
恩宠与冤屈，还有爱情，
浮沉的陷阱，还有寿夭塞通，
推开，
一文不值。
四季的车轮，
也不再转动。

石破天惊！

世界瓦解了，
群星滑落太空，
灵魂的颤抖就这样
震响起……

277

终于震响了，

五十六个字的

绝唱：

那个叫作李商隐的精灵的诗。

1992年11月写于广西平乐县

时参加李商隐研讨会

无　语

又是奢侈了，
夏天，
戏水渤海，
怀念往日和你

　松林下漫步，
喝——无名小酒，
做长长的白日梦；
听鸟鸣蝉鸣风雨，
做——诗。

季节的铁的法则，
繁荣和——止息。
期待如马达飞转，
不知道是谁，

　在出口处等待你。
　鲜花呢？
生活在寂寞与雷电，

轮番或者合作的倾盆里，

羡慕你的无言，

因为是海。

人生包含夏天，

包含盐、恐惧与征服，

　风遍吹裸露的身体，

在仙去以前，

是青春和健康的自愉。

小小悲欢故事，

　如潮，一时强烈如台风，

掀起来，再无迹。

木星与彗星相遇，

巴西足球队光荣，

谁知道自己与谁碰撞，

何时？

发光或者为什么，

要发光呢？

带着斑斑疤痕，

折断肱骨，

回家看驶向无涯的帆，

　已经碰撞过了，

下一次，
两万年以后。

游过来，游过去，
走过来，走过去，
想过来，想过去，
升起来，落下去。
热起来，凉下去。
在春天，等待夏天来，
在夏天，等待夏天去。
还有几个夏天？

需要的是一根绳子，
叫作或者曾经叫作
——防鲨网。
早已挡不住鱼，
却挡住了心里的
恐惧，食人的鱼。

闲暇如酒，
醺然回顾，自己的
没有实行的罗曼斯，

回顾船尾波涛汹涌。
错过了发表机会，
成为不能接受信号的
　　死机。

海破碎了，
　　你没有起跳。
熊熊的血泪篇什，
随岁月而淡去。
在安全岛与黑洞之间，
消逝的段落摭拾，
心狱里徜徉遐想，
安慰——谎言。
知道不可逾越，
就是自由。

容纳了风波，
容纳我们先人的尸体，
匆匆来去的船只，
急急与缓缓的号叫，
　　蒙头盖脸的污秽，
　　小溪流的无端忌恨，

哭叫与咒骂，
还有书呆子的溢美……
岁月，岁月，岁月，
岁月包容在平静里。
每一朵浪花都在重复，
岁——月岁——月岁——月

我不打算出发，
空有好船如梦，
美景就在眼边，
我只喜欢观看，
观看潮起潮落，
观看永远的海，
留得海大吟诗。

接受佳言，
便接受污染。
接受告别，
也接受着自私自利。
接受幸福，
便接受生命虚掷。
接受伟大，

也接受天真游戏。
接受噪音，
便接受更加孤寂。
接受炎热蒸熬，
也接受彻骨的寒意。

人生一世，
如此的吹拂润泽，
又能得到几许？

奔腾呼啸而来，随后
一定杳然而去。
至景茫茫。
饮一杯白水，
养生止于清寂。

乡居（六首）

蝈蝈

捉来一只蝈蝈，说是
给顽皮的孩子耍玩，
岂忍心生灵伤残？

早晨蝈蝈冻僵，
灰黑如烧焦的炭，
心不由得一紧。

也算一条命的一生。

太阳出来，灿烂晴天，
抹去昨夜凄风苦雨记忆。

阳光照耀蝈蝈复苏，
第一件事便是唱起情歌，

献给阳光、露水、草地，
和与生命共始终的爱恋。

试图去捕捉，
他不逃遁，
只是唱着，唱着，
即使落入手心，
歌儿也还没有唱完。

星星

谁不爱明月？
明月当头能几番？
明月当头，英雄气短，
回首茫茫乡关，
青春昨日——
渐行渐远。

举首高天，影只形单，
冷雾迷，四顾凄然。

劝月亮不要那么明艳，

如果不能带来温暖，
又何必照得满世界难眠？

暗黑中不若请星星下凡，
如颗颗湿漉漉带露花瓣，
举手采撷，编入我胸寰。

如满天发光的棋子，
任凭造物之手排点，
垂落有致，不争不连，
陨落也留下蓝光一闪。

明月啊，何妨山后小憩，
也许你会看到群星灿烂！

一个农村小姑娘对我说

伯伯，您可会上树？
会上就赶快上吧，
举木杆把核桃敲打，
不要让果实烂在枝头，
不要让桃仁染黑霉烂。

然后再打两捆蒿草，

把它们捂起来、剥皮、

漂白，在景点前设一个摊点。

伯伯，您不必忙着摘山楂，

等到雪落时节，

摘下鲜红的果子更甜。

还有黄金般的柿子，

时有几个落地訇然。

没事，回回如此，

丰收已在眼前。

伯伯，明天我会起个大早，

雨后采蘑菇，随爸爸上山。

什么？您和我们一起去？

山路太险，我们去的地方你去不便。

山泉

山泉琮琤，

山泉清又清，

巨石狼藉，高山邦邦硬，
只有你呀带来活泼生趣。

不好了不好了，
山泉断流了，
干涸的石头，脸板得铁青：
暴躁绝望，更加愤世嫉命，
谁也惹他不起。

哈哈，山泉又冒出来了，
它有时流在石下，
有时流在地上，
断了，其实没断，
干涸了，其实没干。
沥沥潺潺，
溪断水仍连。

清心漱石，煮茶沐浴，
山虽伟大无敌，
也终于不再那样呆板。

山上的树

石头山坡上，
长出了树，
树根紧紧抓住石头山。

任你风吹雷打，
任你雨蚀虫蛀，
树身摇曳，树枝屈伸，
树叶飘飘处处……
你这样委婉多姿，
谁料到温柔善舞。

我才无心曼舞，
我没想移动半步，
你没有移动半步。

即使被台风劈成两股截，
也会再长出新的枝青叶绿，
新鲜，挺拔，翠碧如初。

风铃

你的性格是金属的沉默，
在诗人的抽屉里，
失落了许多岁月，
没有丝毫声音。

偶然挂在乡下屋檐，
依稀发出呜咽试探。
你是多么不好意思，
你自己也没有发现呢——
微风，却又是那么敏感。

犹疑的声音显得遥远，
羞怯中开始轻轻呼喊。

即使风大了，传达的
依旧是温柔往事斑斑。

断续的回忆，
不定的悲欢，

心碎的感动，

一吐的欣然，

未曾料到的间歇，

突然停止——绵延……

你的语汇是多么简单。

你垂下头来，想风，

天风啊，请尽情把我奏弹！

我已准备了那么多年。